UNA TENTACIÓN NO DESEADA
ANNE MATHER

Editado por Harlequin Ibérica.
Una división de HarperCollins Ibérica, S.A.
Núñez de Balboa, 56
28001 Madrid

© 2016 Anne Mather
© 2016 Harlequin Ibérica, una división de HarperCollins Ibérica, S.A.
Una tentación no deseada, n.º 2469 - 1.4.16
Título original: A Forbidden Temptation
Publicada originalmente por Mills & Boon®, Ltd., Londres.

I.S.B.N.: 978-84-687-7881-5
Depósito legal: M-8903-2016
Impresión en CPI (Barcelona)
Fecha impresion para Argentina: 28.11.16
Distribuidor exclusivo para España: LOGISTA
Distribuidores para México: CODIPLYRSA y Despacho Flores
Distribuidores para Argentina: Interior, DGP, S.A. Alvarado 2118.
Cap. Fed./Buenos Aires y Gran Buenos Aires, VACCARO HNOS.

Capítulo 1

SONABA el teléfono cuando Jack entró en la casa. Estuvo tentado de no contestar. Sabía quién llamaba. Al menos habían pasado tres días desde que su cuñada había contactado con él. Debra no solía ignorarlo durante mucho tiempo.

Ella era la hermana de Lisa, y Jack suponía que trataba de estar pendiente de él. «No necesito que nadie esté pendiente de mí», pensó. Dejó la bolsa del pan sobre la encimera de granito, y contestó el teléfono.

–Connolly –dijo él.

La voz de Debra Carrick se oyó al otro lado de la línea.

–¿Por qué te empeñas en apagar el teléfono móvil? –le preguntó enfadada–. Ayer te llamé una vez y hoy te he llamado dos, pero nunca estás disponible.

–Buenos días para ti también –comentó Jack–. ¿Y por qué tengo que llevar el teléfono móvil a todos los sitios? Dudo que lo que tengas que decirme no pueda esperar.

–¿Y cómo lo sabes? –Debra parecía ofendida–. En cualquier caso, ¿y si tuvieras un accidente? ¿O si te cayeras de tu barco? En esos momentos desearías tener alguna manera de comunicarte.

–Si me cayera del barco el teléfono no funcionaría en el agua –contestó Jack, y oyó que Debra resoplaba.

–Tienes respuesta para todo, ¿verdad, Jack? –preguntó ella con frustración–. En cualquier caso, ¿cuándo vas a venir a casa? Tu madre está preocupada por ti.

Jack reconocía que podía ser cierto, pero tanto sus padres como sus hermanos, sabían que no debían hacerle ese tipo de preguntas.

Ellos habían aceptado que él necesitaba alejarse de su familia. Y la casa en la que se encontraba en la costa de Northumberland era exactamente donde deseaba estar.

–Esta es mi casa –dijo él, mirando con orgullo la enorme cocina de la casa de campo.

Había comprado la casa en muy mal estado y gran parte de la reforma la había hecho él mismo.

Lindisfarne House se había convertido en una casa cómoda y elegante. El lugar ideal para buscar refugio y decidir lo que iba a hacer durante el resto de su vida.

–¡No hablas en serio! –exclamó Debra–. Jack, ¡eres arquitecto! Un buen arquitecto. Y el hecho de que hayas heredado ese dinero no significa que tengas que pasarte la vida holgazaneando en un lugar perdido de Inglaterra.

–Rothbun no es un lugar perdido de Inglaterra –protestó Jack–. Y, desde luego, no más remoto que Kilpheny –suspiró–. Necesitaba salir de Irlanda, Debs. Creía que eso lo habías comprendido.

–Sí, supongo que sí –admitió ella–. Estoy segura de que la muerte de tu abuela ha sido la gota que colmó el vaso, pero toda tu familia está aquí. Tus amigos están aquí. Te echamos de menos, ¿sabes?

–Sí, lo sé –Jack estaba perdiendo la paciencia–. Mira, tengo que irme, Debs –hizo una mueca y mintió–. Hay alguien en la puerta.

Después de colgar el teléfono en la pared, Jack apoyó las manos sobre el granito de la encimera y respiró hondo. «No es culpa suya», pensó. El hecho de que cada vez que él oía su voz empezara a pensar en Lisa, no la convertía en una mala persona.

Lo único que deseaba era que ella lo dejara tranquilo.

—Está enamorada de ti.

Jack levantó la vista y vio que Lisa estaba sentada al final de la encimera, mirándose las uñas. Iba vestida con los mismos pantalones y la misma blusa de seda que había llevado la última vez que la había visto. Una sandalia de tacón alto colgaba de su pie derecho.

Jack cerró los ojos un instante y se puso en pie.

—Eso no lo sabes —contestó.

Lisa levantó la cabeza para mirarlo.

—Sí lo sé —insistió ella—. Debs lleva años enamorada de ti. Desde que te llevé a casa por primera vez para que conocieras a papá.

Jack se volvió y encendió la cafetera. Partió un buen pedazo de pan y lo untó con mantequilla. Después se obligó a comérselo, aunque no le gustaba la idea de que ella estuviera mirándolo.

—¿Vas a regresar a Irlanda?

Lisa era muy insistente, y aunque Jack se despreciaba por seguirle la corriente, volvió la cabeza. Ella seguía sentada en la encimera, una figura etérea y pálida que pronto desaparecería como en otras ocasiones. Sin embargo, ese día parecía decidida a atormentarlo, así que él se encogió de hombros con resignación.

—¿Y a ti qué más te da? ¿Tampoco te gusta Northumberland?

—Solo quiero que seas feliz —dijo Lisa, extendiendo los dedos tal y como hacía cada vez que se pintaba las uñas—. Por eso estoy aquí.

—¿De veras?

Jack era escéptico al respecto. En su opinión, ella intentaba hacer que la gente pensara que él estaba loco.

Estaba hablando con una mujer muerta. ¿No era una locura?

Una corriente de aire le acarició el rostro y, cuando Jack miró de nuevo, ella ya se había ido.

Ni siquiera permaneció el rastro de su perfume. Nada que pudiera demostrar que él no estaba volviéndose loco, tal y como sospechaba a veces.

Al principio, Jack no consideraba que las apariciones de Lisa fueran debidas a un problema mental; sin embargo, a pesar de todo, había ido a ver a un médico en Wicklow y él le había recomendado que fuera a ver a un psiquiatra en Dublín.

El psiquiatra le había dicho que era la forma en la que Jack estaba pasando el duelo, Y puesto que nadie más veía a Lisa, Jack se creyó que podía tener razón.

Las visitas continuaron y Jack acabó tan acostumbrado a ellas que dejó de preocuparse.

Además, no sentía que Lisa quisiera herirlo. Al contrario, siempre aparecía tan extravagante y antojadiza como había sido en vida.

Jack frunció el ceño y salió de la cocina para tomarse el café en el salón.

La habitación era grande y luminosa y estaba decorada en madera oscura y materiales de piel. Desde los ventanales se contemplaba la costa y las aguas del mar del Norte.

Jack se sentó en una mecedora que había junto a la ventana. Apenas eran las nueve de la mañana y tenía todo el día por delante.

Mientras se tomaba el café valoró la idea de salir a navegar en el *Osprey*. Por experiencia, sabía que manejar el velero de cuarenta y dos pies de eslora requeriría toda su energía. El mar del Norte no se andaba con contemplaciones, ni siquiera a finales de mayo.

Jack frunció el ceño. No estaba seguro de que eso le apeteciera. Quizá podía pasar el día en el barco haciendo algunas reparaciones y disfrutando de la compañía de los pescadores que había en el puerto.

En realidad, tampoco necesitaba la compañía. Aunque había sufrido mucho desde el accidente en el que murió su esposa. Ya habían pasado casi dos años desde la muerte de Lisa y ya era hora de que la hubiera superado.

Y así era. Excepto cuando Lisa regresaba para atormentarlo.

¿Cuándo había aparecido por primera vez? Más o menos un mes después de su entierro. Jack estaba visitando su tumba cuando se percató de que Lisa estaba a su lado.

Ese día sí que se quedó asombrado. Incluso por un instante pensó que quizá habían enterrado a otra mujer por equivocación.

No. A pesar de que el coche de Lisa acabó calcinado después de chocar contra un camión cisterna, las pruebas de ADN demostraron que la conductora fallecida era su esposa.

Lo único que había salido intacto del accidente fueron sus sandalias. Y él suponía que por eso las llevaba puestas durante sus apariciones.

Daba igual. Después del primer encuentro, Jack había aprendido a no cuestionarse nada al respecto. Lisa tenía su propia agenda y nunca la cambiaba.

A ella le gustaba provocarlo. Igual que había hecho durante los tres años que había durado su matrimonio.

Jack se terminó el café de un trago y se puso en pie. No podía pasarse el resto de la vida pensando en cómo podía haber sido. O, como Debra le había dicho, holgazaneando sin más.

Ni hablando con un fantasma. Quizá debería preguntarse de nuevo si no se estaba volviendo loco.

Ocho horas más tarde, se sentía menos melancólico. Había pasado la mañana reparando el velero. Y después, como soplaba una suave brisa del suroeste, había salido a navegar en él.

Cuando regresó a Lindisfarne House ya había olvidado lo introspectivo que había estado durante toda la mañana. Tenía un cubo lleno de mariscos que le había comprado a uno de los pescadores y unas verduras frescas en el maletero y se prepararía una ensalada de langosta para cenar.

Estaba tomándose una cerveza en la cocina cuando oyó que un coche se acercaba a la casa. «Maldita sea», pensó, dejando la cerveza sobre la encimera. Lo último que necesitaba esa noche era compañía...

No solía recibir visitas. O, al menos, no recibía visitas que aparcaban en su puerta. Nadie, excepto su familia cercana, sabía dónde vivía. Y ellos tenían órdenes estrictas de no darle su dirección a nadie.

Cuando llamaron al timbre, supo que no tenía más remedio que contestar.

—¿Por qué no abres la puerta?

Jack se volvió y vio a Lisa sentada en un taburete.

—¿Perdona?

—Abre la puerta —dijo ella.

—Ya voy —dijo él en voz baja, y confiando en que no lo oyera la persona que esperaba en el exterior—. ¿A ti qué más te da? El que va a tener que atender a la visita inesperada soy yo.

—A dos visitas —lo corrigió Lisa.

—¿Y quiénes son? —preguntó él, frunciendo el ceño.

—Ya lo descubrirás —dijo ella antes de desaparecer.

Jack negó con la cabeza. Lisa casi nunca aparecía

dos veces en el mismo día. ¿Era posible que estuviera inquieta por la visita? Quizá debería estar alerta. Al fin y al cabo, estaba solo en aquella casa.

Tratando de no pensar en ello, abrió la puerta.

Un hombre lo esperaba fuera. Un hombre que no había visto hacía mucho tiempo. Sean Nesbitt y él habían crecido juntos. Incluso habían estudiado juntos en la universidad y habían compartido un piso durante el último año.

Se habían graduado en el Trinity College, en Dublín, Jack en Arquitectura y Sean en Informática. Sin embargo, después habían seguido caminos separados y solo se veían ocasionalmente cuando visitaban a sus padres en Kilpheny.

Cuando Jack se casó con Lisa, perdió el contacto con su amigo y, desde luego, era la última persona a la que esperaba ver en la puerta de su casa.

—¿Aceptas visitas?

Sean estaba sonriendo y no había manera de que Jack pudiera rechazarlo.

—Por supuesto —le dijo, y le estrechó la mano antes de dar un paso atrás—. ¿Qué diablos haces aquí? ¿Y cómo me has encontrado?

—Soy experto en informática, ¿recuerdas? –dijo, mirando hacia el Mercedes que había aparcado en el camino–, pero no estoy solo. He traído a mi novia conmigo. ¿Te parece bien si entramos los dos?

Bueno... Jack se encogió de hombros. Lisa estaba en lo cierto. Tenía más de un visitante. Pero...

—Claro –contestó, mirando hacia atrás un instante. Lisa se había marchado.

—¡Estupendo!

Cuando Sean regresó al coche, Jack se percató de que no se había cambiado de ropa al regresar del puerto.

Tenía los pantalones manchados de pintura y el jersey negro que llevaba era muy viejo.

«Tendrán que aceptarme tal y como estoy», pensó con resignación. Al fin y al cabo, no esperaba visitas.

Sean había rodeado el coche para abrirle la puerta a la mujer que estaba en el asiento del copiloto, pero ella salió del vehículo antes de que él pudiera ayudarla. Desde la casa, Jack solo podía ver que era alta y delgada, y que llevaba unos pantalones vaqueros y una camisa blanca. Tenía el cabello rojizo y recogido en una coleta.

La mujer no miró hacia la casa, y Jack se preguntó si aquella visita le apetecería tan poco como a él. No obstante, Sean era un amigo y no podía decepcionarlo. Y menos cuando parecía que había recorrido bastante distancia para ir a verlo.

Sean intentó rodear a la mujer por la cintura y atraerla hacia sí, y Jack experimentó un instante de envidia. ¿Cuánto tiempo hacía que no tenía a una mujer entre sus brazos?

Para su sorpresa, la chica se zafó del abrazo de Sean y se dirigió hacia la casa con decisión.

–Vaya, parece que tienen problemas –murmuró Jack. Debía de haber acertado, parecía que ella no quería estar allí.

De pronto, se quedó sin respiración. Se sentía como si le hubieran golpeado en el pecho. Su reacción lo sorprendió, al igual que la oleada de calor que invadió su entrepierna.

Su respuesta fue completamente inesperada. E inapropiada. No solía experimentar deseo, pero eso era lo que sentía en aquellos momentos. «Maldita sea», pensó. Era la novia de Sean. Y solo porque pareciera que habían discutido no significaba que tuviera derecho a aprovechar la oportunidad.

Ella caminaba directamente hacia él, con sus pechos redondeados y sus pezones erectos marcados bajo la fina blusa de algodón. Tenía las piernas largas y esbeltas.

Jack se alegró de llevar un pantalón ancho. Tenía la sensación de que debía ocultar algo más que su reacción. Estuvo a punto de romper a sudar al pensar en la posibilidad de que Sean pudiera percatarse.

No podía creer que ese fuera el motivo por el que Lisa había estado tan interesada por que abriera la puerta. Aunque ¿no era ese el tipo de cosas que solía hacer? Había disfrutado provocándolo en vida, y seguía provocándolo después.

Por supuesto, la novia de Sean no se parecía en nada a Lisa. Lisa era una mujer rubia y menuda. Y coqueta. Y aquella mujer lo miraba con indiferencia... ¿O con desdén? Como si supiera exactamente lo que le estaba pasando por la cabeza.

Jack dio un paso atrás para dejarlos pasar a la casa y Sean hizo las presentaciones.

–Grace Spencer, te presento a Jack Connolly –dijo con tono animado, y, a pesar de la mirada de sus impresionantes ojos verdes, Jack tuvo que estrechar la mano que la mujer le ofrecía con desgana.

–Hola –le dijo, consciente de que ella tenía la mano fría y él sudorosa.

–Hola –contestó ella–. Espero que no te importe, pero Sean me pidió que lo acompañara para mostrarle el camino hasta aquí.

–Yo... No, por supuesto que no.

Jack frunció el ceño. Había percibido en su forma de hablar cierto acento local. ¿Sería de aquella zona? ¿Y cómo diablos había conocido a Sean? Percatándose de que llevaba en silencio mucho tiempo, preguntó:

–¿Conoces la zona, Grace?

–Nací aquí –contestó ella, pero Sean no la dejó terminar.

–Sus padres son los dueños del pub del pueblo –dijo él–. Grace se marchó de aquí para ir a la universidad, y desde entonces vive en Londres.

Jack asintió. Por lo que había oído, Sean también trabajaba en Londres.

–Ahora me he ido de Londres –añadió Grace–. Mi madre está enferma y he decidido regresar a Rothburn para estar a su lado. Sean todavía vive en Londres. Esto es solo una visita relámpago, ¿verdad, Sean?

No cabía duda de que el tono era acusador. Jack no sabía qué sucedía entre ellos, pero sí que no quería formar parte de aquello. Evidentemente, no eran la pareja feliz que Sean trataba de aparentar.

–Ya veremos –dijo Sean, y forzó una sonrisa–. Estoy seguro de que te preguntarás cómo he conseguido encontrarte.

–Por supuesto que sí.

–Pues, cuando el padre de Grace dijo que un irlandés había comprado esta casa, nunca imaginé que pudieras ser tú –continuó Sean–. Hasta que no mencionaron tu nombre no pensé en ti. El mundo es muy pequeño, ¿verdad?

–Ya lo creo.

Jack inclinó la cabeza. No había tratado de ocultar su identidad entre los vecinos, pero nadie lo conocía bien. Nadie sabía lo de Lisa.

Y, desde luego, no se había imaginado que Sean Nesbitt pudiera aparecer en su puerta.

–Entonces... –Jack trató de mostrar interés–, ¿vienes aquí todos los fines de semana para ver a Grace y a su familia?

–Sí...

–¡No!

Ambos hablaron a la vez, y Jack se fijó en que Grace se había sonrojado.

–Vengo tan a menudo como puedo –rectificó Sean. Sus ojos azules se oscurecieron a causa de la rabia–. Vamos, Grace, sabes que tus padres se alegran de verme. Solo porque tú te sientas un poco desatendida no es motivo para avergonzar a Jack de esta manera.

Capítulo 2

GRACE estaba enfadada.

Sabía que no debería haber permitido que la convencieran para ir allí con Sean, pero ¿qué podía hacer? Aparte de las confusiones que la situación podía crear, no le gustaba discutir con él en público. Con Jack Connolly mirándolos, se sentía muy avergonzada. Él no era el tipo de hombre al que Sean pudiera engañar con sus mentiras.

El problema era que sus padres esperaban que se casara con Sean y, si ella se hubiera negado a acompañarlo, ellos habrían sospechado que algo iba mal. Por el momento debía aceptar la situación, pero se negaba a permitir que Sean la hiciera quedar como una idiota.

Al principio había sido todo tan diferente... Nada más conocer a Sean se había quedado fascinada por sus encantos. En aquellos tiempos, ella todavía era muy joven e ingenua, y se creía todo lo que él le decía. Además, se sentía orgullosa de salir con uno de los estudiantes mayores más populares.

Qué equivocada había estado.

Su primer error había sido llevarlo a conocer a sus padres. Después de que Sean le prometiera que conseguiría dinero fácil, su padre había aceptado hipotecar el pub para ayudar a Sean a financiar la página web que estaba creando para su negocio.

Grace había tratado de impedirlo. Incluso aunque pensaba que iba a casarse con Sean, sabía que la página web era una gran apuesta y que su padre conocía muy poco acerca de cómo funcionaban.

No obstante, Tom Spencer no la había escuchado. Él pensaba que estaba invirtiendo en su futuro y que ella se lo agradecería. Ya entonces, ella había pasado noches sin dormir preocupada por lo que ocurriría si la página web fracasaba.

Y había fracasado. Como casi todo en lo que a Sean se refería, el sueño no concordaba con la realidad. Y los padres de Grace ni siquiera se habían enterado de que Sean había perdido su dinero. Y por eso Grace tenía que hacer todo lo posible por recuperarlo.

Aunque eso significara tener que mentir acerca de su relación con Sean.

Sus padres todavía pensaban que Sean continuaba viviendo en Londres para avanzar en su negocio. Ella sabía que ellos creían que debería haberse quedado con él, pero Grace ya había tenido suficiente. No quería contarles el motivo por el que había cortado su relación con él. Hasta que su madre no estuviera bien de salud no podía cargarla también con aquello.

Prefería hacerles creer que los echaba de menos.

Y Sean sabía que su relación había terminado. Si ella conseguía salirse con la suya, pronto no tendría que volver a verlo.

Sin embargo, allí estaban, en la puerta de la casa de Jack Connolly, cuando lo que ella deseaba era darse media vuelta y marcharse. Era evidente que Connolly no los quería allí. Y ella no podía culparlo. Entonces, ¿por qué Sean no captaba el mensaje y terminaba con aquella situación?

Por desgracia, justo cuando ella buscaba la manera de salir de aquella situación, Jack los invitó a pasar.

–Por favor, entrad –dijo, y se retiró a un lado para cerrar la puerta.

Grace todavía se preguntaba para qué había querido Sean ir allí. Le había contado que Connolly había perdido a su esposa en un accidente de tráfico y que aquella era su primera oportunidad para darle el pésame. Grace no había tenido más remedio que aceptar después de que Sean le explicara la situación a su padre, pero dudaba de que él fuera capaz de apoyar a alguien emocionalmente. A menos que consiguiera algo a cambio.

¿Quizá estaba siendo demasiado dura con él?

Entonces recordó otro comentario que él había hecho. Al parecer, Jack Connolly había heredado algo de dinero de su abuela y por eso había sido capaz de comprar aquel lugar. Sean contaba que Jack deseaba alejarse del dolor que sentía en los lugares conocidos y que por eso se había mudado a Northumberland, para poder curarse las heridas en paz.

A Grace, Jack no le parecía un hombre que tuviera que curarse ninguna herida. Parecía perfectamente autosuficiente y que no necesitaba la compasión de nadie.

Y no había olvidado la manera en que él la había mirado nada más verla. No era la mirada de un hombre ahogado en el sufrimiento. Al contrario, si Sean y ella hubiesen seguido juntos, le habría parecido una mirada ofensiva.

¿No se podía confiar en ningún hombre? No estaba segura, pero desde luego no tenía dudas acerca de que Jack Connolly tampoco era un hombre de fiar.

Le molestaba que fuera tan atractivo. Ni siquiera la barba de dos días podía ocultar el atractivo de su rostro.

Tenía la piel bronceada, como si hubiese pasado tiempo en un lugar de mucho sol. Sin embargo, según el padre de Grace, él había estado viviendo allí durante la reforma de la casa.

El cabello oscuro le caía sobre la frente y rozaba el cuello de su jersey. Tenía los labios finos y los pómulos altos, algo que aumentaba su atractivo sensual.

Al llegar al salón, Grace se fijó en la decoración y en la vista fascinante que se podía contemplar desde los ventanales. Todavía había luz y el mar estaba en calma, reflejando el color rojizo de las nubes al atardecer. Las granjas que había colina abajo estaban iluminadas y se oía el sonido lejano de las gaviotas.

—Perdonad mi aspecto —dijo Jack al entrar detrás de ellos al salón—. He estado todo el día en el barco y no he tenido tiempo de cambiarme.

—¿Un barco? ¿Tienes un barco? —preguntó Sean con entusiasmo—. Eh, ¿qué tal es eso de ser millonario?

Al oír las palabras de Sean, Grace sintió un nudo en el estómago. ¿Por qué no le había preguntado a Sean cuánto dinero había heredado Jack? ¿Por qué simplemente había asumido que sería una cantidad moderada?

¿Qué había pasado con las condolencias que iba a darle por la muerte de su esposa y de su abuela? Al parecer, Sean se había olvidado del sufrimiento de su amigo Jack. Simplemente lo había utilizado como excusa para ir hasta allí.

Jack no contestó.

—Permitid que os ofrezca algo de beber —dijo él, y miró a Grace—. ¿Qué te apetece?

—¿Tienes cerveza?

Sean no esperó a que ella respondiera, pero, al parecer, Jack era más respetuoso.

—Tomaré un refresco —dijo ella. Al día siguiente empezaba a trabajar en un sitio nuevo y no quería tener resaca.

–¿Un refresco? –Sean miró a Jack e hizo una mueca–. ¿Te puedes creer que esta mujer se crio en un bar y no le gusta la cerveza?

La expresión que puso Jack podía haber significado cualquier cosa.

–No tardaré mucho –dijo, y desapareció por la puerta.

Al oír las suaves pisadas, Grace se dio cuenta de que iba descalzo.

Entonces, miró a Sean, pero él solo arqueó las cejas.

–¿Qué? –miró a su alrededor–. Vaya sitio, ¿eh? Estoy seguro de que estos muebles valen una fortuna. ¿No te alegras de haber venido?

–No.

Grace apenas podía mirarlo. Debería haberse negado a ir con él. Sean era un embustero patológico. Ella lo sabía, pero no quería provocar una discusión y que empeorara el estado de salud de su madre.

–La casa de un millonario –continuó Sean al ver que ella no decía nada. Se volvió hacia un cuadro que estaba en la pared–. ¡Es un Turner! ¿Te lo puedes creer?

Grace no quería hablar de ello. Estaba allí porque había fingido y no le gustaba. No le importaba la vida de Jack Connolly ni su dinero. Él no podría solucionar sus problemas.

Jack regresó en ese momento con dos botellas de cerveza y un vaso de refresco de cola.

–Por favor... sentaos –dijo, dejando el vaso de Grace sobre una mesa de café donde había varias revistas de yates.

¿Las habría colocado allí a propósito? Grace no lo creía. A pesar de que no conocía a aquel hombre, no parecía que a Jack Connolly le importara lo que la gente pensara de su casa.

Grace se sentó en un sofá de terciopelo y Sean hizo lo mismo, después de aceptar la bebida que le entregó Jack.

–Tienes una casa estupenda –dijo él, gesticulando con el vaso en la mano–. ¿De dónde has sacado todo esto? Parece caro.

Jack se apoyó en un pequeño escritorio que había comprado en una subasta y dijo:

–Muchas cosas eran de mi abuela. El resto lo compré y lo restauré.

–¡No puede ser!

Sean lo miró y Jack vio incredulidad en su mirada.

–Es cierto –dijo él, y bebió un sorbo de cerveza–. Me parecía una lástima tirarlo.

Sean negó con la cabeza.

–¿Desde cuándo te dedicas a la restauración? Eres arquitecto. Diseñas casas, centros comerciales, colegios, ese tipo de cosas.

–Sí, bueno... –Jack no quería dar explicaciones acerca de por qué lo había hecho, pero Sean no lo dejaba tranquilo.

–Ya comprendo. Ahora que tienes dinero no necesitas un trabajo.

Jack se contuvo para no decirle lo que tenía en la punta de la lengua y contestó:

–Algo así –bebió otro trago–. ¿Está buena la cerveza?

–Oh, sí. Está fría –asintió Sean–. Como a mí me gusta –miró a Grace–. Al menos la cerveza.

Grace se encogió de vergüenza. ¿Por qué no podía estarse callado?

Jack acudió a su rescate.

–¿Y tú a qué te dedicas? –le preguntó a Sean–. ¿Sigues inventando juegos de ordenador para esa empresa japonesa?

–No. De hecho, ya no trabajo para Sunyata. He estado haciendo algo de consultoría mientras intento lanzar mi propia página web. No todos somos tan afortunados como tú, ¿sabes, Jack?

Jack respiró hondo. ¿Cómo diablos debía contestar a esa pregunta? Solo deseaba terminar con aquella conversación.

Forzó una sonrisa y miró a Grace con resignación.

–¿Y tú a qué te dedicas, Grace? –preguntó.

–Grace es licenciada en Derecho –intervino Sean antes de que ella pudiera contestar–. Antes trabajaba para la Fiscalía de la Corona.

–¿De veras? –Jack estaba impresionado.

–Aunque aquí no hay trabajos como ese –continuó Sean–. Grace ha tenido que interrumpir su carrera.

Grace suspiró.

–Estoy muy contenta con el trabajo que he conseguido –comentó ella–. ¿Podríamos hablar de otra coa?

–¡Tú trabajando para una agencia inmobiliaria! –exclamó Sean–. Sabes muy bien que puedes conseguir algo mucho mejor.

–¡Sean!

Grace lo miró fijamente y él hizo una mueca.

–Supongo que es una manera de ganarse la vida –admitió–. Puede que yo también trate de encontrar trabajo en Alnwick.

Grace negó con la cabeza con incredulidad, pero Sean no cambió de expresión.

–Podría... –insistió él–. Quizá me guste cambiar de escenario.

–No creo.

Grace sabía que estaba provocándola a propósito. Lo último que deseaba era que Sean se mudara allí.

De pronto, Sean estiró el brazo y la agarró de la mano.

–Sabes lo que siento por ti, ¿verdad, cariño? –la besó en los nudillos–. Sé que ahora tenemos algunos problemas, pero cuando regreses a Londres...

Grace apretó los dientes.

–No voy a regresar a Londres, Sean –ella le había dicho que quería estar cerca de sus padres, pero él no le había creído. También le había dejado claro que podrían seguir en contacto, con la esperanza de recuperar el dinero de sus padres, pero que la relación entre ellos había terminado. ¿Pensaba que por hablar con ella así, delante de Connolly, la convencería para que cambiara de opinión?

Entretanto, Jack contuvo un gemido. Si Sean y su novia tenían problemas, él no quería oírlos.

Y, al parecer, Grace tampoco estaba muy entusiasmada.

Grace había conseguido retirar la mano y agarraba el vaso con fuerza.

Ya sabía que Sean era un hombre egoísta, pero su comportamiento era imperdonable. Se suponía que había ido a darle el pésame a Jack, pero ni siquiera había mencionado a su esposa.

Dejó el vaso sobre la mesa y se puso en pie.

–Tenemos que irnos, Sean –dijo con firmeza.

Sean bebió otro trago de cerveza y se puso en pie también.

Grace se dirigió hacia la puerta, evitando la mirada de Connolly y desesperada por salir de allí antes de que Sean volviera a avergonzarla.

Por desgracia, él no había terminado la visita.

–Vamos a tener que ponernos al día, amigo –le dijo a Jack–. ¿Qué tal el próximo fin de semana? Mañana tengo que regresar a Londres, pero intentaré venir de nuevo el viernes por la noche. ¿Qué te parece?

–Bueno...

Jack no quería comprometerse. Lo último que deseaba era presenciar otra escena como esa.

–Me gustaría contarte mi idea sobre la página web –continuó Sean–. Es algo que quizá pueda interesarte. Estaré encantado de darte todos los detalles.

Grace sabía que tarde o temprano sacaría el tema. Las intenciones de Sean eran evidentes desde que se había enterado de que Jack vivía en el pueblo.

Jack se separó del escritorio y los miró con los ojos entornados.

Grace creía que sabía lo que estaba pensando. Él sabía muy bien lo que pasaba, y ella confiaba en que él no pensara que tenía algo que ver en todo aquello.

–Sí –dijo al fin, sin entusiasmo–. Lo pensaré.

Grace cruzó el recibidor y Jack no pudo evitar fijarse en el sexy contoneo de sus caderas. Entre su blusa y los pantalones vaqueros se veía un trozo de piel y, aunque no estaba completamente seguro, creía que tenía un tatuaje en la parte baja de la columna vertebral.

Ella miró hacia atrás un momento y sus miradas se encontraron. Jack se sintió culpable. No tenía derecho a mirar a aquella chica, ni a tener pensamientos acerca de ella como los que había pensado que nunca volvería a tener.

Sin embargo, no podía negar que era una chica muy sexy...

Grace se sintió aliviada al salir del Bay Horse.

Se alegraba de estar en casa de sus padres otra vez, pero había tenido un día muy frustrante.

En su dormitorio, el ruido del pub se oía demasiado. Ya no estaba acostumbrada al ambiente del Bay Horse y, a pesar de tener encendida la televisión, todavía oía las voces de los hombres, las risas y las puertas de los coches que aparcaban en el exterior.

Por ese motivo, tenía intención de buscarse otro alojamiento. Así les demostraría a sus padres que la decisión de marcharse de Londres iba en serio. Y quizá la ayudara a quitarse de en medio a Sean Nesbitt.

Hacía una tarde muy agradable, así que decidió salir a dar un paseo. Su madre estaba descansando. Después de las sesiones de quimioterapia para tratar el cáncer de mama, la señora Spencer se encontraba muy cansada y necesitaba descansar. Evidentemente, el ruido del bar no la molestaba.

Grace decidió caminar hacia el puerto. Todavía no había ido a visitar el muelle y era uno de sus lugares favoritos. Quizá el paseo la ayudara a poner sus problemas en perspectiva.

Había perdido la mañana esperando a un cliente que no había aparecido.

Después, por la tarde, había tenido que aguantar las insinuaciones de un constructor.

William Grafton, un hombre de unos cuarenta y tantos años, había mostrado interés por unas casas que estaban en venta en un lugar aislado. En un principio, había entrado en la agencia para ver al jefe de Grace, pero nada más reconocerla centró en ella toda su atención.

Grace empezaba a preguntarse si no debería buscar otro trabajo, algo en lo que no tuviera que demostrar su don de gentes, sino sus conocimientos.

No se había dado cuenta, pero seguía tensa después de haber tenido que batallar con William Grafton. El próximo día que entrara en la agencia tendría que recibirlo el señor Hughes.

El problema era que además de ser amigo de su padre, también era cliente del Bay Horse, así que tendría que evitar ofenderlo en tres frentes.

Empezó a bajar la colina que llevaba hasta el mar y vio la marina que habían construido y que tenía todo tipo de barcos de lujo.

¿Sería allí donde Jack Connolly tenía su barco?

La idea surgió de la nada y rápidamente trató de ignorarla. Había llegado al muelle y se negaba a que el recuerdo de Jack Connolly le arruinara la tarde.

Una vez en la marina, apoyó los brazos en la barandilla del muelle y miró los barcos amarrados con atención.

No quería admitir que sentía curiosidad por el tipo de embarcación que podía tener un hombre como Jack Connolly. «Seguramente, el más caro», pensó. «Como aquel crucero con tres cubiertas».

–¿Estás buscando algo?

Capítulo 3

GRACE se sobresaltó sintiéndose medio culpable. A pesar del silencio no había oído acercarse a nadie y, cuando bajó la vista, vio que él llevaba zapatos de goma.

Respiró hondo y se volvió para mirarlo.

–Señor Connolly –dijo ella–. Me alegro de verlo otra vez.

–¿De veras?

Jack la miró con los ojos entornados, preguntándose por qué había decidido hablar con ella. No habían pasado ni diez días desde que deseó no tener que volver a verla, ni a ella, ni a su novio.

Grace se encogió de hombros.

–Iba de camino a casa –mintió.

–Una lástima –comentó él, apoyándose en la barandilla–. Pensé que quizá estabas buscando el *Osprey*.

–¿El *Osprey*?

–Sí –dijo él–. Mi barco.

–Ah... –Grace se humedeció los labios. Por algún motivo sentía que le faltaba el aire e intentó ocultarlo–. Por supuesto. Me había olvidado de que tenías un barco.

Jack soltó una risita.

–Sí, lo tengo.

–Pues se me había olvidado. ¿O es que pensabas que había venido buscando tu barco con la esperanza de verte?

–Oye... –parecía sorprendido–. ¿Qué has dicho? Solo pensé que...

–Sí, sé lo que pensaste –contestó ella–. Me he topado con hombres como tú en otras ocasiones.

–Estoy seguro –Jack se puso serio–. Solo trataba de ser amable, eso es todo. Olvídalo. Ya nos veremos.

Se volvió dispuesto a alejarse por el muelle y Grace se sintió avergonzada.

«Está claro que hoy es el día para disgustar a la gente», pensó, y Jack tenía motivos para estar disgustado con ella.

–Señor Conn... ¡Jack!

Grace corrió tras él, maldiciendo haberse puesto los zapatos de tacón. Cuando él se volvió para mirarla, Grace continuó caminando. Él no dijo nada. La expresión de su rostro era enigmática e increíblemente sensual.

–Solo quería pedirte disculpas –declaró, tratando de hablar con calma–. Ha sido un día largo, y me temo que tú te has llevado la peor parte.

Jack la miró en silencio. Igual que ella, era consciente de que allí pasaba algo más aparte de que quisiera pedirle disculpas. Suponía que ella se sentía obligada a comportarse de manera educada con él debido a Sean Nesbitt. «Si él supiera...», pensó.

Por su parte, Jack era plenamente consciente de cómo se movían sus pechos en cada respiración, y de las piernas esbeltas que dejaba al descubierto el traje de color azul que vestía. ¿Las llevaría desnudas? De pronto, la idea de acariciárselas invadió su cabeza y su cuerpo reaccionó.

Se acercó un poco y percibió el aroma de su perfume, una mezcla de flores y almizcle.

–Está bien –dijo él, tratando de parecer tranquilo

cuando ella se detuvo a su lado–. He tenido días así. ¿Qué tal el trabajo?

–Bien –Grace se encogió de hombros–. Supongo.

–¿Supones?

Él arqueó las cejas y Grace hizo una mueca.

–Trabajar en Alnwick es estupendo, pero no estoy segura de si valgo para ser agente inmobiliario –admitió–. No soy buena vendedora.

Jack la miró un instante.

–No llevas mucho tiempo haciéndolo –dijo él–. ¿Cómo lo sabes?

Grace suspiró.

–Es mi segunda semana.

–Espera un tiempo.

–Supongo que eso es lo que debería hacer.

Después de la muerte de Lisa, Jack se había considerado inmune al sexo opuesto. Y lo había sido, hasta que apareció aquella chica. No le gustaba sentirse inseguro, pero así era.

El deseo de colocarle uno de sus mechones rojizos detrás de la oreja era casi irresistible. Deseaba tocarla, y sentir la suavidad de su piel bajo los dedos.

Sus músculos se tensaron de anticipación, pero consiguió controlar sus sentimientos.

Ella estaba esperando una respuesta, así que comentó a propósito:

–¿Y Sean qué piensa?

–Oh, Sean...

Si Jack no hubiese estado tan seguro de que Sean le atribuía a ella sentimientos que no tenía, habría dicho que parecía harta de él.

–Sean no lo sabe –dijo Grace por fin–. No lo he hablado con él –respiró hondo–. Todavía.

Jack asintió y ella se preguntó en qué estaba pensando. A pesar de la conversación, no creía que Jack sintiera mucho respeto por ella o por Sean.

Decidió que no importaba. Ya había terminado con aquel atractivo irlandés. Y con cualquier hombre. Y solo porque Connolly fuera agradable con ella no significaba que tuviera que confiar en él.

–¿Y qué piensas hacer? –preguntó él–. Si dejas la agencia, ¿qué clase de trabajo te gustaría tener?

–No he pensado en ello –Grace se encogió de hombros–. Supongo que tendré que hacerlo –hizo una pausa–. Mi intención es quedarme en Rothburn. A mi madre le gusta tenerme cerca.

–¿Tienes hermanos o hermanas?

–No. Soy hija única.

–¿Y ese es el verdadero motivo por el que quieres quedarte? ¿Por tu madre?

–¿Qué es esto? ¿Un interrogatorio? –se agarró a la barandilla–. Supongo que yo también quiero quedarme.

Jack cedió al impulso de acercarse a ella. «¿Qué hay de malo en ello?», pensó, apoyándose a su lado en la barandilla. Demonios, estaba muerto de deseo y eso no era bueno.

–¿Y cómo está tu madre?

Jack había elegido esa pregunta para tratar de no pensar en el maravilloso cuerpo que tenía al lado. Al ver que no funcionaba, añadió:

–Lo siento. Debería habértelo preguntado antes.

–¿Por qué? –ella lo miró–. No conoces a mi madre, ¿verdad? Se lo pregunté a mi padre y me dijo que por lo que él sabía... –«oh, cielos», ¿por qué le había contado que le había preguntado a su padre por él? Debía terminar la frase–. Me dijo que tú nunca habías ido al pub.

–Así es. Supongo que te lo pregunto porque es tu

madre –contestó él–. Espero que no pienses que estaba cotilleando.

«¿Cotilleando?».

Grace tragó saliva.

–Está mucho mejor –dijo ella–. Cuesta superar el cáncer, pero gracias por preguntar.

Jack se encogió de hombros y miró hacia la marina. No podía olvidar la mirada de sus ojos verdes, ni esas palabras que eran como el espejo de su alma.

Sean era afortunado. Y él no tenía derecho a ser provocativo. No debía de ser fácil para ellos pasar tanto tiempo separados.

De todos modos, no podía negar que la boca de Grace parecía suave y generosa. Una boca que a él le encantaría besar...

«Aunque nunca lo haré», se aseguró, recordando que había elegido el celibato y pretendía seguir así.

Aunque no había nada de malo en especular un poco, ¿verdad?

Forzó una sonrisa y preguntó:

–¿Crees que a Sean le gustará vivir en Rothburn? –la idea de tenerlo cerca no lo ilusionaba.

–Pues... –Grace se alegró de que la distrajera de sus propios pensamientos–. A Sean le gusta vivir en Londres –se separó de la barandilla–. Ya lo veremos.

Jack se puso de espaldas a la barandilla y estiró los brazos hacia los lados, poniendo un pie sobre la barra inferior.

Había estado a punto de decir: «Cuéntame qué decide al final», pero sabía que no era asunto suyo. Además, ¿no quería evitar a Sean en el futuro? Sería mucho más seguro que ambos se mudaran a otro lugar.

–Será mejor que me vaya.

Grace era consciente de lo atractivo que estaba Jack

apoyado en la barandilla. Era mucho más fuerte que Sean y, con los brazos abiertos, su torso parecía firme y musculoso.

Tenía el vientre plano, y sus poderosos muslos se notaban a través de la tela de los pantalones vaqueros. Unos pantalones que estaban muy desgastados en ciertas zonas, allí donde Grace no pensaba fijarse.

Aunque lo hizo.

No pudo evitarlo. El impresionante bulto que tenía en la entrepierna atrajo su mirada y sintió una extraña sensación en la base del estómago.

–Adiós.

Levantó la mano con nerviosismo para despedirse y comenzó a caminar hacia el muelle, plenamente consciente de que Jack la miraba fijamente.

–Adiós, Grace.

Oyó sus palabras de despedida y tuvo que contenerse para no volverse a mirarlo.

Jack pasó el siguiente fin de semana medio anticipando que Sean encontraría una excusa para ir a visitarlo de nuevo. Sin embargo, a pesar de sus temores, el sábado y el domingo transcurrieron con normalidad.

Y él no sabía si alegrarse o no.

Sabía que no le habría importado volver a ver a Grace, y también que era mejor no pensar en ello. En cualquier caso, había pasado gran parte del fin de semana en su barco, así que era posible que no se hubiese enterado de las visitas.

El miércoles amaneció nublado. Y, curiosamente, Jack se sentía encerrado. Estaba inquieto.

Decidió salir a dar un paseo en coche. Le apetecía conducir y en casa no tenía nada que hacer.

–¿Vas a salir?

Jack estaba abrochándose los pantalones cuando la voz de Lisa interrumpió sus pensamientos.

Él se volvió y la encontró sentada en el borde del alféizar.

–Sí, ¿por qué no? –Jack se giró para recoger su chaqueta de cuero–. No tengo nada mejor que hacer.

–Podrías buscarte un trabajo. Tienes demasiado tiempo libre.

–Y es culpa mía, ¿no?

Lisa apretó los labios, pensativa.

–Vas a ver a esa chica, ¿no?

Jack la miró boquiabierto.

–¿Perdona?

–No hagas como si no supieras de qué estoy hablando –Lisa se bajó del alféizar y caminó por la alfombra–. Aun así, dudo si el padre Michael lo aprobaría.

Jack hizo una mueca con humor. El padre Michael era el cura que los había casado. También había oficiado la misa del funeral de Lisa, pero dudaba que ella se estuviera refiriendo a eso.

–Creo que hace mucho tiempo que el padre Michael ha desistido conmigo –comentó él–. Y estoy seguro de que sería el primero en sugerirme que debería continuar con mi vida.

Lisa lo miró dudosa.

–Es muy atractiva, supongo.

Jack negó con la cabeza.

–¿Tengo que recordarte que tiene novio?

–¿Te refieres a Sean Nesbitt?

–Eso es. Sean Nesbitt. Es un amigo. No voy a olvidar tal cosa, ¿no crees?

–¿De veras?

–Eh, yo no digo mentiras –contestó Jack, guardándose la cartera y el teléfono móvil en el bolsillo de la chaqueta–. Lo que me recuerda que nunca me contaste dónde ibas la noche que tuviste el accidente.

Él no obtuvo respuesta, aunque en realidad no la esperaba.

Era una pregunta que le había hecho muchas otras veces. Sin volver a mirar, supo que Lisa ya había desaparecido.

Jack salió a la calle, se subió a su Lexus y arrancó el motor. Encendió la música y se incorporó a la carretera.

Hasta el momento solo conocía una parte de la zona. Cumbria y Lake District solo estaban a un par de horas en coche hacia el oeste, pero sin pensárselo dos veces, Jack se dirigió hacia la A1.

Mientras conducía, Jack se preguntó si realmente su intención era visitar Alnwick o si es que las provocaciones de Lisa habían tenido su efecto. En cualquier caso, se negaba a admitir que tuviera ganas de volver a ver a Grace.

Tuvo la suerte de poder encontrar un sitio para aparcar en el centro de la ciudad.

Tenía un mapa de la zona y decidió entrar en un café para mirarlo.

–¿Está buscando algo en particular? –preguntó la camarera que le había llevado el café.

–No especialmente –contestó él–. Es la primera vez que estoy en Alnwick.

–¡Es un turista! Es irlandés, ¿verdad? –la joven sonrió con coquetería–. Me gusta su acento.

–Gracias –Jack sonrió–. ¿Usted vive en Alnwick?

–A las afueras. Es muy caro vivir en la ciudad.

–¿Ah, sí?

–Sí –miró hacia atrás para asegurarse de que su jefe no se había dado cuenta de que estaba perdiendo el tiempo–. Es una buena cosa que no esté buscando casa. A menos que sea millonario, claro está.

Jack se fijó en el mapa para no darle ninguna pista. Además, no había ido allí a buscar casa.

Ni agentes inmobiliarios.

–¿Va a alojarse en la ciudad?

La chica era demasiado insistente y Jack decidió que tenía que acabar con aquello.

–No –dijo antes de terminarse el café y sacar la cartera–. Voy hacia el norte... A Bamburgh –se puso en pie–. Creo que allí hay un castillo.

–¿Le interesan los castillos?

Cuando Jack se dirigió a la caja para pagar la cuenta, ella lo acompañó, sin importarle que el resto de los clientes estuvieran esperando a ser atendidos.

Evitando darle una respuesta directa, él contestó:

–Gracias por sus consejos –aceptó el cambió con una sonrisa, confiando en poder salir de allí sin ofender a la camarera.

Para su sorpresa, ella lo siguió hasta la puerta.

–Si necesitas a alguien que te enseñe los alrededores, yo termino dentro de una hora.

Jack estaba a punto de romper sus propias reglas de caballerosidad cuando se abrió la puerta y entró otra mujer.

–¡Jack!

–Grace.

Jack trató de mantener su reacción bajo control, pero estaba casi seguro de que Grace estaba arrepentida de cómo había mencionado su nombre.

Sin embargo, era la camarera la que parecía más incómoda.

–Hola, Grace –dijo la chica antes de mirar a Jack–. ¿Os conocéis?

–Umm... Un poco.

Grace estaba desprevenida, y, antes de que Jack pudiera decir nada en su defensa, la camarera habló de nuevo.

–Eh –dijo con incredulidad–, no me digas que es tu novio. Creía que se llamaba Sean.

Grace se sonrojó y no pudo decir nada. Con la de gente que había en el mundo, ¿por qué había tenido que encontrarse con él?

Y, a juzgar por la actitud de la chica, era posible que Jack hubiera mostrado interés por ella.

«¿Y por qué me molesta si es así?», pensó Grace enfadada.

Entretanto, a Jack no le gustaba lo que Grace hubiera podido pensar de aquella situación.

–Me voy –dijo él, sin importarle lo que cualquiera de las dos pudiera pensar acerca de él. Se dirigió a Grace–. Ya nos veremos.

Capítulo 4

GRACE salió de la cafetería minutos más tarde, con tres tazas de capuchino en una bolsa de papel y unas pastas. Era lo que le gustaba al señor Hughes.

Esa parte del trabajo no le gustaba, pero puesto que era la más joven de la agencia, le tocaba ir a por los cafés. Siempre era mejor que tener que prepararlo, pero había días, como ese, que tenía otras cosas en que pensar.

Como explicarle a William Grafton por qué habían rechazado su oferta para comprar las casas de Culworth.

No le apetecía nada, pero el señor Hughes había insistido en que era su responsabilidad.

–Tienes que aprender a manejarte con los clientes difíciles, Grace –le había dicho él–. En una agencia como la nuestra no podemos elegir.

Mientras cruzaba la calle hasta la agencia miró a su alrededor. Por suerte, no había ni rastro de Jack Connolly.

Abrió la puerta de la agencia y entró.

Solo para encontrarse a Jack Connolly de pie en la zona de recepción, aparentando estar interesado por las propiedades que se anunciaban en la pared.

Justo detrás de Jack estaba William Grafton.

–Grace –exclamó al verla.

Grace se percató de que el hecho de que la llamara por su nombre captó la atención de Jack.

–Estaba esperándote. Grant me ha dicho que tienes noticias para mí.

Grace respiró hondo. Dejó un café sobre el escritorio de Elizabeth Fleming, y se dirigió al despacho donde trabajaba Grant Hughes.

–Vuelvo enseguida, señor Grafton –dijo ella, preguntándose si el día podía empeorar todavía más.

Cuando regresó del despacho del señor Hughes, su secretaria, Elizabeth Fleming, estaba atendiendo a Jack.

Entretanto, William Grafton se había sentado en la silla que había para atender a los clientes en su escritorio.

–¿Y bien? –dijo Grafton en cuanto ella se sentó, y Grace aprovechó para tomar un sorbo de café antes de ponerse a hablar de negocios–. Grant dice que has recibido noticias del vendedor –continuó él al ver que ella no contestaba–. Espero que sean buenas.

–Me temo que no, señor Grafton. Han rechazado la oferta que hizo –hojeó los papeles que tenía sobre el escritorio–. La señora Naughton quiere bastante más de lo que usted ofreció por las propiedades.

Grafton resopló, llamando la atención de Jack una vez más.

A pesar de que parecía absorto en lo que la señora Fleming le decía, era evidente que también estaba escuchando su conversación.

–Esas casas se están cayendo –exclamó Grafton, golpeando con el puño sobre el escritorio–. Esa mujer lo sabe. Solo es un complot para conseguir que haga una oferta mayor. Quiero que te pongas en contacto con ella y le digas que no va a funcionar. No está tratando con un aficionado. Cuando William Grafton quiere algo, lo consigue. Díselo.

–Señor Grafton...

–Ya has oído lo que he dicho.

Grafton retiró la silla hacia atrás con brusquedad.

–Soluciona esto, Grace. Eres una buena chica y confío en ti. Nadie ha dicho jamás que William Grafton no es un hombre generoso. ¿Sabes lo que quiero decir? –se dirigió hacia la puerta–. No me decepciones.

Grace apenas pudo contener su rabia. ¿Cómo se había atrevido a llamarla «buena chica»?

De pronto, se dio cuenta de que Jack Connolly debía de haber oído lo que había dicho. ¿Y no era humillante?

En cualquier caso, debía preguntarse qué estaba haciendo él allí. No creía en las coincidencias. Debía de haber ido allí a propósito.

¿Y por qué?

¿A verla?

La idea resultaba provocadora y excitante.

No podía permitir que él averiguara lo que ella sentía. Ya tenía bastante mala opinión acerca de ella.

Se bebió un buen trago de café y se puso en pie justo cuando Elizabeth Fleming se acercaba a su escritorio.

–¿Tienes un minuto, Grace?

–Sí, claro. ¿En qué puedo ayudarte?

Elizabeth sonrió.

–Las casas de Culworth, ¿todavía están a la venta?

–¿Te refieres a las casas por las que el señor Grafton hizo la oferta?

–Me temo que sí –Elizabeth hizo una mueca–. Entiendo que le has dicho al señor Grafton que han rechazado su oferta.

–Bueno, sí –Grace frunció el ceño–. Quiere que vuelva a hablar con la señora Naughton.

–¿Ha aumentado su oferta?

–No.

–Comprendo –Elizabeth se mordió el labio inferior–.

Estoy segura de que la señora Naughton no estará interesada.

–He intentado decírselo.

–Estoy segura. La cuestión es que tengo otro cliente al que le gustaría verlas.

–¿Las casas?

Grace miró a Jack inmediatamente, pero tenía una expresión neutral.

Era evidente que él había oído su conversación con el señor Grafton. ¿A qué diablos estaba jugando?

–Sí –continuó Elizabeth–, pero, por desgracia, yo tengo que recibir a los Lawson a las doce. No tengo tiempo para ir a Culworth esta mañana y el señor Connolly quiere ver las casas hoy mismo.

«¿Sí?».

Grace se mordió el labio inferior, intentando que Elizabeth no viera lo nerviosa que estaba.

–Entonces... ¿qué? –le preguntó–. ¿Quieres que vaya yo?

–¿Lo harías? –Elizabeth parecía aliviada–. Te estaría muy agradecida –hizo una pausa–. Puede que no llegue a nada, pero el señor Connolly es arquitecto y está buscando un lugar para construir por la zona. Me encantaría que pudieras decirle a William Grafton que la señora Naughton ha recibido otra oferta.

«A mí también me encantaría», pensó ella. No se hacía muchas ilusiones acerca de que Jack fuera en serio, pero no podía decepcionar a Elizabeth.

Forzó una sonrisa y dijo:

–Está bien. Iré –se volvió para tomar un poco de café–. Espero que el señor Connolly tenga su propio medio de transporte.

Como si no supiera que el Lexus de Jack estaba aparcado en la plaza.

—Estoy segura de que sí.

Elizabeth se volvió para hablar con su cliente, y Grace aprovechó para terminarse el café.

Cuando levantó la vista, Jack estaba mirándola y no pudo evitar estremecerse.

Ella se volvió, pero la imagen de su atractivo rostro y su cuerpo musculoso permaneció en su cabeza hasta que recogió el bolso

—El señor Connolly tiene su propio coche.

—Bien —Grace forzó una sonrisa—. ¿Y conoce el camino a Culworth?

—Dice que te seguirá —contestó Elizabeth—. Si no tuviera que recibir a los Lawson lo llevaría yo en persona.

—Lo sé —Grace trató de mostrar más entusiasmo en su voz—. Agradezco que confíes en mí. ¿El señor Connolly está preparado?

—Estoy preparado.

Grace no se había dado cuenta de que Jack se había acercado y, al oír su voz, se estremeció de nuevo.

Elizabeth se volvió hacia él.

—La señorita Spencer se ocupará de usted —dijo ella, y se giró hacia Grace—. Te veré más tarde, ¿de acuerdo?

—De acuerdo.

Jack asintió y Grace agarró el bolso y se dirigió hacia la puerta.

Esperó a estar fuera de la agencia y le preguntó con impaciencia:

—¿Qué diablos estás haciendo?

Jack arqueó las cejas al oír su tono acusador.

—Tengo entendido que vamos a ir a ver unas casas semiderruidas en un lugar que se llama Culworth. ¿No es eso?

Grace suspiró.

–Como si estuvieras interesado en ver unas casas en ruinas.

–Lo estoy.

Grace lo miró con frustración, deseando poder obviar su masculinidad.

–¿Y por qué te interesan las casas de Culworth? No eres constructor. Eres muy amable si lo que intentas es ayudarme con el tema del señor Grafton, pero él no va a olvidarlo solo porque otra persona haya mostrado interés.

–Lo sé.

Jack tampoco estaba contento con sus motivos para implicarse en el asunto, pero después de oír cómo Grafton se dirigía a Grace había sentido ganas de boicotear a aquel hombre.

–Soy arquitecto –continuó–. Y tengo mucho tiempo libre. Se me ha ocurrido comprar algo y reformarlo...

–Hay seis casas –contestó Grace, pero Jack se encogió de hombros.

–¿Y? Será todo un reto.

Grace negó con la cabeza.

–No hablas en serio.

–¿No? Perdona si te digo que me conozco mejor que tú a mí.

Sus palabras hicieron que ella recordara que no era más que una empleada de la agencia. Al margen de cuáles fueran sus sentimientos personales, al señor Hughes no le gustaría que ofendiera a otro posible cliente.

–De acuerdo –Grace apretó los labios–. Iré a por mi coche.

–Tal vez podríamos ir los dos en el mío –dijo él.

–No creo –contestó ella–. Tengo el coche aparcado detrás de la agencia. Dame unos minutos para traerlo.

Jack asintió, preguntándose por qué estaba haciendo

aquello. Ella tenía razón. Ese no era el motivo por el que había ido a Alnwick.

La observó marchar. Incluso pensó en la posibilidad de meterse en el coche y marcharse, pero sabía que no era capaz de hacerlo.

Por algún motivo, se sintió atrapado por el provocativo contoneo de sus caderas. Era una locura, porque era evidente que ella no estaba interesada en él, ni como cliente ni como amigo. Y mucho menos como...

Interrumpió sus pensamientos antes de que lo llevaran a un lugar donde no quería llegar. Al momento, vio que un coche rojo doblaba la esquina y se dirigía hacia él.

Era Grace. Jack se subió a su Lexus. Sus miradas se encontraron un instante y, después, él le indicó que avanzara.

Condujeron hacia el norte y después giraron hacia el mar.

Al cabo de un rato, Jack leyó la señal de *Culworth,* y siguió al coche rojo hasta un aparcamiento de grava que había junto a una iglesia.

Grace aparcó y Jack hizo lo mismo. Apagó el motor y miró a su alrededor.

Su llegada provocó que una bandada de pájaros negros alzara el vuelo y comenzara a hacer círculos sobre sus cabezas.

—¡Cuervos! —dijo Grace, nada más salir del vehículo.

Vio que Jack ya se había bajado y se fijó en sus piernas musculosas. Cuando se acercó a ella pensó en lo grande que era comparado con Sean.

Jack miró a los pájaros.

—Casi me dan un susto de muerte. Vaya augurio.

Grace pensó que haría falta algo más que unos cuervos para asustar a Jack Connolly, pero no dijo nada.

–Si me acompañas –dijo con tono profesional–, te mostraré dónde están situadas las casas.

–De acuerdo.

Jack caminó junto a ella por el estrecho pasillo que rodeaba la iglesia. El viento que provenía del mar se encauzaba entre la pared y los árboles de la iglesia.

Entretanto, Grace notaba que le aumentaba la temperatura corporal a medida que avanzaba al lado de Jack.

Impaciente, comenzó a caminar más deprisa y estuvo a punto de torcerse un tobillo.

–¿Estás bien?

Jack se había dado cuenta. Grace suspiró.

–Sí, estoy bien –contestó ella–. No queda mucho.

La carretera se dividía y Grace tomó el camino que atravesaba hacia el acantilado. Un poco más adelante, Jack vio lo que suponía que eran las casas en cuestión. Unos edificios en fila con los cristales rotos y la pintura desconchada que tenían una vista impresionante de la costa y del mar embravecido.

Grace lo miró y, cuando llegaron a la primera casa, dijo:

–Supongo que no es lo que te imaginabas.

Jack se echó el cabello hacia atrás.

–¿Podemos entrar? –preguntó, y Grace se encogió de hombros.

–Estará muy sucia –dijo ella, buscando las llaves en el bolso–. Hay goteras y el agua entra por las ventanas rotas.

–Sí, eso me lo imaginaba –contestó Jack–. ¿Es esta tu manera habitual de intentar una venta?

Grace tuvo que sonreír.

–Normalmente, no –admitió, adelantándose para abrir la verja. Estaba atascada, pero consiguió abrirla apoyando el peso de su cuerpo en ella. Después, avanzó por el camino hasta la puerta principal.

Mientras abría la puerta, se fijó en la mancha que se había hecho en la chaqueta del traje de color aceituna.

Debía de habérsela hecho al apoyarse en la verja. Debería haberle pedido a Jack que la abriera.

Sujetando el bolso de manera que tapara la mancha, entró en la casa. Directa a un charco de agua helada.

Y eso que había pensado que las cosas no podían ir peor.

Al oír que gritaba alarmada, Jack dejó de mirar los alrededores de la casa y entró en ella, evitando el charco que había en el suelo.

—Estoy bien —dijo Grace, consciente de que había estropeado sus zapatos de piel—. Me he llevado una sorpresa, eso es todo.

—¿Qué ha pasado?

Jack la miraba fijamente, con preocupación.

Grace se estremeció. Su preocupación no podía ser sincera. Y deseaba no preguntarse cómo se sentiría si lo fuera.

—Me he metido en un charco, eso es todo —dijo ella, volviéndose para mirar el interior de la casa.

El papel de las paredes se estaba cayendo a causa de la humedad y parecía que la escalera se derrumbaría si decidían utilizarla.

—¿Estás segura de que estás bien?

Cuando miró a su alrededor, Jack todavía la observaba dubitativo. Y ella sintió que se ahogaba en la profundidad de su mirada.

—Estoy bien —le aseguró, tratando de concentrarse en el trabajo—. Como verás, las casas necesitan una reforma integral —forzó una sonrisa—. Puede que resulte más fácil tirarlas y empezar de nuevo.

–Yo no diría tal cosa.

Jack hizo un reconocimiento de la entrada. Las paredes parecían bastante firmes, aunque habría que reforzarlas, pero si los cimientos eran sólidos no habría problema.

–Has de admitir que es mucho trabajo –dijo Grace–. El señor Grafton piensa que quizá hay humedad por filtraciones.

–Él sabrá –dijo Jack con tono de humor.

–Al menos, es un constructor de verdad –contestó ella–. No alguien que finge estar interesado por motivos personales.

–¿Es eso lo que crees que estoy haciendo? –Jack respiró hondo–. ¿Crees que te estoy haciendo perder el tiempo?

–¿No es cierto?

Grace no se retractó, aunque desease haberlo hecho.

Con un movimiento inesperado, Jack cerró la puerta.

Al instante, el recibidor quedó débilmente iluminado por una bombilla que colgaba del techo. El ambiente era oscuro y claustrofóbico, y Grace tragó con aprensión.

–¿Piensas que solo hago esto porque tengo algún tipo de interés personal en ti, Grace?

Capítulo 5

Y O... ¡NO! –Grace buscó algo más que decir–. El
señor Grafton ya ha hecho una oferta por las casas –añadió–. Se supone que tengo que contactar con el vendedor para intentar negociar la venta.

–Sí, eso he oído.

Jack se alejó de la puerta y Grace aprovechó para ir
a la cocina que estaba al final del pasillo.

Las casas eran muy sencillas. Cocina y salón en el
piso de abajo y dos dormitorios en el piso de arriba.
Desde la cocina salía otra puerta que daba a un jardín
trasero, y que podría utilizar como vía de escape en caso
de que lo necesitara.

–¿Y tú crees que la señora North aceptaría la oferta
del señor Grafton? –preguntó él, apoyándose en la puerta
de la cocina.

A pesar de lo deteriorada que estaba la casa, Jack tenía un aspecto atractivo y peligroso.

Y parecía capaz de mantener el control.

Sin embargo, ella no.

–Se llama señora Naughton. Y creo que el resto es
información confidencial.

Jack se encogió de hombros, recordando lo que había escuchado en la agencia.

–De acuerdo –prefirió no discutir–. Puedo seguir viviendo sin ella. ¿Te importa que eche un vistazo por la
casa?

Jack enderezó la espalda y se percató de que ella se ponía tensa. «Maldita sea», pensó. ¿Qué pensaba que le podía hacer?

Él sabía lo que deseaba hacerle, por supuesto, pero eso también era información confidencial.

—Esto es todo lo que hay en la parte de abajo.

Jack tardó un instante en recordar lo que había preguntado.

—Abajo, arriba, me gustaría verlo todo —dijo él, con frustración—. Quieres vender las casas, ¿no?

Grace enderezó la espalda.

—Por supuesto que sí.

—¡Podrías haberme engañado!

—Si me dejas pasar, te guiaré —contestó ella, tratando de no dejarse afectar por sus encantos.

Grace nunca había subido al piso de arriba.

William Grafton había echado un rápido vistazo y decidido que el interior necesitaba una reforma integral. Ese había sido uno de los motivos para rebajar su oferta. Según él, todas las paredes estaban deshechas por la humedad.

Sin embargo, Grace estaba obligada a comportarse como si las escaleras fueran seguras. Y era ella quien debía ponerlas a prueba. El señor Hughes se enfadaría mucho si ella regresara diciendo que su cliente se había roto una pierna en ellas.

El olor a moho era mucho peor en el piso de arriba que en el de abajo. Grace se alegraba de poder concentrarse en eso para no pensar en el hombre que la seguía.

¿Qué estaría pensando?, se preguntaba, demasiado consciente de que, de pronto, la falda le parecía demasiado corta. También era consciente del calor que emanaba del cuerpo de Jack, mezclado con el aroma de su loción de afeitar.

En el primer dormitorio descubrió por qué el ambiente era mucho más opresivo. Aunque las ventanas también estaban rotas, alguien las había cubierto con un cartón. Y se notaba que alguien había utilizado la vivienda sin autorización porque había envoltorios de comida rápida y de chocolate en el suelo.

–Serán niños –dijo Jack, cuando Grace exclamó con sorpresa–. Dudo que sean okupas. Ellos elegirían un lugar más saludable.

–¿Tú crees? –Grace se mostró dubitativa–. No subí aquí con el señor Grafton, así que no sabía que estaba así.

–Te creo –dijo Jack, acercándose a la ventana y esquivando un edredón que había en el suelo–. Yo tampoco habría subido con él.

–Se cree divertido, ¿verdad, señor Connolly?

Jack suspiró.

–No me suele costar mucho esfuerzo –contestó él–. ¿Podríamos avanzar en algo?

–Avanzar ¿en qué dirección?

–Bueno, no estás muy amigable... –dijo Jack–. Por favor, Grace, ¿qué te he hecho yo para que me trates como a un leproso?

–No te estoy tratando como a un leproso –declaró Grace a la defensiva–. Solo intento hacer mi trabajo.

–Sí, claro. Bueno, ven aquí para ver lo peligroso que es esto. Esta ventana rota puede caerse encima de alguien.

–Aquí no viene nadie.

–Al parecer, sí –dijo Jack, señalando la basura–. Quizá deberías informar a la propietaria. Me atrevería a decir que ella sería la responsable si alguien se corta o pasa algo peor.

Grace se mordió el labio inferior. Después, avanzó hasta donde estaba Jack. Al fin y al cabo, era su trabajo.

Jack le mostró que el marco de la ventana también se estaba cayendo.

–Puede que los niños, si es que son niños, estén entrando sin permiso, pero sus padres lo denunciarán si alguno se hace daño.

–Eso es cierto. Se lo diré a la señora Naughton –dijo ella–. Es su responsabilidad.

Jack se volvió para mirarla y ella se percató de lo cerca que estaba. El calor que emanaba de su cuerpo la envolvió. No podía evitarlo, era muy sensible a su masculinidad y su magnetismo sensual.

Sin pensarlo, dio un paso atrás y se enganchó con el zapato en el edredón que estaba en el suelo. Se tambaleó y se habría caído si Jack no la hubiera agarrado.

Tenía las manos fuertes y la sujetaba sin apenas esfuerzo. Con los senos presionados contra su pecho, ella estaba segura de que él podía sentir el latido de su corazón acelerado.

Era tan inesperado... Todo el incidente la dejó sin respiración. Tenía las manos atrapadas entre ambos cuerpos y un muslo directamente apoyado en su entrepierna.

Jack resopló con fuerza.

«¡Maldita sea!», no estaba previsto que sucediera aquello. De acuerdo, Jack no podía permitir que se cayera al suelo, pero tampoco debía desear que cayera entre sus brazos. Ni que permaneciera entre ellos más tiempo.

Apoyada contra su cuerpo, ella parecía muy vulnerable. Era una locura. Su cabello rizado rozaba la barbilla de Jack y el aroma femenino de su cuerpo invadía sus sentidos.

Jack notó que se le secaba la boca y que se le aceleraba el pulso.

Grace percibió el calor de su respiración en la mejilla. El tacto de su cuerpo era musculoso e inquietantemente cálido. Cuando apoyó las manos en su cintura, notó el calor de su piel a través de la tela de su camisa.

Y supo que debía poner algo de espacio entre ellos. Inclinó la cabeza y lo miró a los ojos.

Al ver la expresión de su mirada, sintió que le temblaban las piernas.

—Tenemos que irnos —dijo ella, con voz temblorosa.

Jack asintió.

—Sí —estuvo de acuerdo él, pero inclinó la cabeza y la besó en los labios.

Grace notó que su cuerpo se fundía contra el de él. Y, aunque estaba mal, era maravilloso.

Jack pensó que su cuerpo iba a empezar a arder. La suavidad de la boca de Grace era devastadora. Sus labios húmedos y sensuales prendieron una llama en su interior que era irresistible. Deslizó las manos por sus brazos y entrelazó los dedos con los de ella. Después le llevó las manos a la espalda para atraerla contra su cuerpo todavía más, como si fuera la cosa más natural del mundo.

Entretanto, Grace se sentía incapaz de resistirse. Y, cuando Jack le separó los labios con la lengua y le acarició el interior de la boca, ella no pudo evitar clavarle las uñas en las palmas de las manos.

Debajo de la chaqueta ella llevaba una blusa de seda amarilla. Era tan fina que Jack podía ver el encaje de su sujetador y los senos redondeados asomando por encima de la tela de la ropa interior. También sus pezones turgentes contra el encaje.

Deseaba acariciarla. Y acariciarle los senos. Meter la mano bajo su blusa y acariciar la piel que prometía ser tan suave como su boca.

En realidad, lo que deseaba era aprisionarla contra la pared de aquella horrible habitación, subirle la falda y meter su miembro erecto en el paraíso húmedo de su entrepierna.

Suspiró.

Eso no iba a suceder.

Y cuanto antes pusiera fin a todo aquello, antes recordaría quién era él; y quién era ella.

¡La novia de Sean!

Con decisión, Jack le soltó las manos y se alejó de ella.

No mucho, porque la ventana estaba a su espalda, pero sí lo suficiente como para que ella se percatara de lo que estaba haciendo.

—Como has dicho, debemos irnos —declaró él, después de aclararse la garganta.

Grace tardó unos instantes en comprender lo que estaba sucediendo. Seguía mareada, desorientada. Medio convencida de que se había imaginado todo aquello.

No obstante, cuando miró a su alrededor supo que no era una ilusión. Era real. Jack era real. Y el cosquilleo que sentía en los labios, y la humedad de su entrepierna...

—Yo... Sí —dijo ella, llevándose la mano al cabello.

Descubrió que el moño que se había hecho por la mañana se había soltado y que tenía algunos mechones sobre los hombros. Intentó recolocárselo, pero le temblaban las manos y no conseguía poner las horquillas en su sitio.

—Sí —repitió ella, abandonando su objetivo y recogiendo su bolso del suelo. Se humedeció los labios y dijo—. Supongo que ya has visto suficiente.

Jack se preguntaba si el comentario iba en serio.

—Creo que sí —contestó, y se sintió aliviado al ver

que se le pasaba la erección a pesar de que habría deseado ver mucho más.

Jack bajó primero por las escaleras, consciente de que en cuanto Grace tuviera tiempo de reflexionar sobre lo sucedido en la última media hora, él no saldría bien parado.

Quizá, incluso llegara a la conclusión de que, después de todo, el señor Grafton no estaba tan mal.

—¿Estaba interesado?

Elizabeth Fleming estaba esperándola cuando Grace regresó a la agencia.

—No creo —contestó ella, aunque en realidad no tenía ni idea de lo que Jack había pensado de las propiedades.

Habían regresado hasta los coches sin hablar y, después, él la había seguido hasta las afueras del pueblo y allí había girado en un cruce. Ella se había sentido tan aliviada de verlo marchar que ni se había planteado la pregunta que probablemente le harían al regresar a la agencia.

De hecho, en cuanto el coche de Jack desapareció, ella aparcó unos momentos para peinarse y tratar de retocarse el maquillaje. Sin embargo, no fue capaz de disimular las marcas que Jack le había dejado en la piel al rozarla con la barba, ni sus labios hinchados.

—¿Estás bien?

Era evidente que Elizabeth se había percatado de que ella evitaba su mirada, pero Grace no estaba dispuesta a contarle nada. Sabía que no podía confiar en nadie y estaba muy enfadada consigo misma por comportarse como lo había hecho.

¿No había tenido suficiente con la experiencia que había vivido con Sean?

–Estoy bien –dijo mientras se dirigía a su escritorio–, pero tengo que ponerme en contacto con la señora Naughton. Las ventanas de esas casas son un peligro.

–¿De veras?

Elizabeth la siguió hasta su escritorio, esperando una explicación.

Grace se agachó para guardar el bolso en un cajón.

–Sabes que los marcos de las ventanas están rotos, ¿no?

–Bueno, puedo imaginármelo... –Elizabeth se calló de pronto y señaló la chaqueta de Grace–. Cielos, ¿cómo te has hecho eso?

–Pues...

Grace se había olvidado de la mancha que tenía en la chaqueta. Se pasó la mano por la solapa y dijo:

–Fue un accidente. La verja estaba atascada. Me apoyé en ella y ¡*voilá*! ¡Estropeé el traje!

–¡Qué lástima! –Elizabeth frunció el ceño–. Debes pedirle a la agencia que te pague la limpieza en la tintorería. Si es que se puede limpiar.

–Estoy segura de que podré solucionarlo –dijo Grace.

De hecho, estaba pensando en dejarlo en la tienda de la primera organización benéfica con la que se cruzara. Cualquier cosa con tal de olvidar el incidente de la mañana.

–Supongo que por eso parecías un poco triste cuando regresaste –comentó Elizabeth–. En cualquier caso, ¿qué me decías de las ventanas de la casa?

Grace deseaba terminar aquella conversación, pero como la agencia estaba vacía se vio obligada a contarle lo que Jack había dicho.

–Ya... –asintió Elizabeth–. Sí, eso podría ser un problema. Será mejor que llames a la señora Naughton y se lo expliques. Puede que eso la convenza para aceptar la oferta del señor Grafton. Es una mujer mayor y lo último que necesita es que la denuncien por algo así.

Grace estaba de acuerdo, pero la idea de que William Grafton pudiera conseguir las casas era difícil de aceptar.

Por desgracia, no fue capaz de contactar con la señora Naughton ese día. Hablaría con ella al día siguiente, aunque tuviera que conducir hasta su casa en la costa. De hecho, hasta le apetecía.

Y así no estaría en la agencia, en caso de que Jack decidiera ir a hacerles otra visita.

Capítulo 6

JACK seguía en la cama cuando llamaron al timbre. Maldiciendo en voz baja, se tapó la cabeza con la almohada. No estaba de humor para recibir visitas, y la sospecha de que pudiera ser Sean en busca de venganza, no era algo que le tranquilizara en absoluto.

Llamaron de nuevo. Esa vez con más fuerza. Jack decidió salir de la cama y se acercó a la ventana para mirar.

Había un coche aparcado junto a la verja. Era un coche desconocido, de aspecto antiguo.

¿Y de quién sería?

Frunció el ceño y regresó al dormitorio. Sobre la silla estaban los pantalones vaqueros que se había puesto el día anterior, así que se vistió con ellos y se puso una camiseta negra mientras bajaba la escalera. Iba descalzo y tenía el cabello alborotado.

En el camino del jardín esperaba un hombre con abrigo. Debía de tener unos sesenta y tantos años y llevaba los pantalones metidos por dentro de unas botas altas de color negro.

El hombre comenzó a presentarse, pero antes de que pudiera hacerlo, una señora mayor salió de la parte trasera del vehículo.

—Está bien, James —dijo ella, al ver que el hombre se acercaba para ayudarla—. Ya puedo sola —miró a Jack mientras se alisaba el abrigo—. Espera en el coche, ¿quieres?

–Sí, señora.

Era evidente que James estaba acostumbrado a recibir órdenes, pero esperó a que la señora llegara a la puerta de la casa antes de sentarse al volante de la berlina antigua.

–El señor Connolly, supongo –dijo la mujer–. Me imagino que va a invitarme a pasar.

Jack respiró hondo.

–¿Es usted la señora Naughton?

¿Quién más podía ser? Por lo que había oído, la mujer vivía con estilo.

–Así es –arqueó las cejas que llevaba tatuadas–. Entonces, ¿puedo pasar?

–Sí, claro –Jack dio un paso atrás–. Pase –cerró la puerta y señaló hacia el salón–. ¿Puedo ofrecerle un café?

–¡Café! –exclamó la mujer mientras entraba en el salón–. Es todo lo que toman los jóvenes, ¿verdad? ¿No tiene té?

–Sí, señora –Jack se encontró hablando con la misma formalidad que James–. Iré a encender la pava.

La señora Naughton lo miró.

–¿No tiene asistenta, señor Connolly?

–Hoy no, señora –Jack hizo una mueca, consciente de que se fijaría en todo lo que había en el salón–. Póngase cómoda.

El agua de la pava tardó mucho en hervir, y para cuando Jack consiguió preparar el té y una taza de café para él, habían pasado quince minutos.

No se habría sorprendido si la señora Naughton hubiera examinado el contenido de sus cajones mientras esperaba; sin embargo, la mujer se había sentado en su butaca favorita junto a la ventana, al parecer, disfrutando de la vista.

Jack dejó la bandeja sobre la mesita que había a su lado.

–¿Se lo sirve usted, o se lo sirvo?

–No estoy senil todavía –dijo ella, e hizo una mueca cuando él se excusó por no tener jarra para la leche–. Supongo que esto estará limpio –comentó ella mirando el vasito de cristal donde Jack había puesto la leche.

–Limpísimo –dijo él–. Tendrá que perdonarme por mi falta de vajilla. Todavía estoy descubriendo qué cosas me faltan.

La señora Naughton resopló.

–Y quiere asumir más responsabilidades... –comentó, llenándose la taza–. Umm, bueno, al menos ha preparado una buena tetera.

Jack se pasó la mano por el mentón.

–A pesar de que son las nueve de la mañana –agarró su taza de café y bebió un trago. Después, sujetando la taza entre las manos, comentó–: ¿Y a qué se debe el honor de esta visita?

La señora Naughton arqueó las cejas otra vez.

–Quiere comprar las casas de Culworth ¿no es así?

–Bueno... Sí –dijo él, aunque no había vuelto a pasar por la agencia, había hablado con el gerente por teléfono–. Aunque el señor Hughes me ha dicho que el señor Grafton ha incrementado su oferta.

–Así es. Ligeramente –la señora Naughton bebió un poco de té–, pero el señor Grafton cree que me tiene entre la espada y la pared porque las casas corren peligro de derrumbarse –levantó la taza otra vez–. No me gusta que me amenacen, señor Connolly.

Jack frunció el ceño.

–Las casas no corren peligro de derrumbarse –exclamó él con impaciencia–. Hay que reformar el interior, pero las paredes parecen bastante sólidas.

–Eso es lo que he dicho –comentó ella–. Le dije al señor Grant Hughes que había llevado a un aparejador para que les echara un vistazo y que dijo que no había peligro para nadie.

–Bueno, los marcos de las ventanas se están deshaciendo –comentó Jack–. Y parece que se han metido niños en una de las habitaciones –continuó, despreciándose al sentir que se le aceleraba el pulso solo con recordar la visita a la casa–. Las ventanas rotas también son peligrosas, pero eso no debería afectar al valor de las casas.

–Pienso lo mismo que usted –repuso la señora. Dejó la taza en la mesita y miró a Jack de forma triunfal–. Por eso he decidido darle la oportunidad de que me haga una oferta. He visto lo que ha hecho con esta casa y me gusta su manera de trabajar.

Jack negó con la cabeza, y tratando de no pensar en Grace, dijo:

–¿Cómo sabe que estaba interesado en las casas? –estaba seguro de que Grace no se lo había dicho–. ¿No ha contratado a la agencia para que le haga la venta por usted?

–Así es –contestó la señora Naughton–, pero Grant Hughes sabe cómo funciono. Entonces, le pregunté quién había ido a ver las casas la semana pasada. Intentó despistarme diciéndome que la señorita Spencer no siempre le consulta antes de enseñarle una propiedad a un cliente, pero cambió de opinión en cuanto le presioné un poco.

Jack apretó los labios. Aquella mujer era todo un personaje, pero eso ya se lo había dicho Grant Hughes.

–En cualquier caso, tengo entendido que usted estaba interesado en las casas antes de que Hughes interviniera –continuó la señora Naughton–. Y, cuando me enteré de que era usted, decidí venir a verlo en persona.

–Le gustaría ver la casa, ¿no es eso? –dijo él–. Dígame, ¿si le gusta lo que ve, conseguiré lo que quiero?

–Ah, supongo que eso dependerá de qué es lo que desee, señor Connolly –contestó ella–. He investigado acerca de usted y parece que no le falta dinero.

–¿Investiga a todos sus posibles clientes?

–No –la señora Naughton se puso en pie y lo miró fijamente–, pero me arriesgaría a decir que su interés por las casas estuvo motivado por aquella jovencita que lo acompañó a verlas –se rio–. Tengo espías, señor Connolly. El que era conserje de la iglesia los vio pasar junto a su casa. Así es como sé que alguien estuvo allí.

Grace suspiró.

Aquella noche no quería trabajar en el pub. Le dolía la cabeza y había pensado en acostarse pronto.

Y se negaba a aceptar que el dolor de cabeza tuviera nada que ver con la bronca que le había echado el señor Hughes aquella tarde.

El gerente de la agencia le había dicho que la señora Naughton le había vendido las casas al señor Connolly; el mismo señor Connolly que ella había acompañado una semana antes sin pedirle permiso a él para llevarlo a visitar las casas.

Para empezar, Grace había cuestionado su información.

Según sabía, Jack no había visitado la agencia otra vez. De hecho, pensaba que él se sentía culpable por lo que había sucedido y estaba manteniendo las distancias.

Pero no.

El señor Hughes le enseñó documentos que mostraban que el representante legal del señor Connolly se estaba ocupando de la venta por él. Y lo peor era que el señor Hughes estaba furioso con Grace por haberlo permitido.

–No saldrá adelante –continuó él, colorado a causa de su enojo.

Se hallaban en el despacho del señor Hughes, pero Grace estaba segura de que Elizabeth, y quien estuviera en la agencia en ese momento, lo habría oído todo.

–El señor Grafton es un amigo y cliente de la agencia desde hace mucho tiempo. No sé nada de ese señor Connolly. ¿Vive por la zona?

Grace había estado tentada de decirle que, si miraba los papeles que tenía delante, él mismo podría contestar a su pregunta.

–Creo que vive en Rothburn –le dijo al señor Hughes.

–¿Crees? –inquirió él–. ¿Niegas que el señor Connolly se enterara de que las casas estaban en venta por ti?

–¡Sí! –exclamó indignada–. Lo niego –se humedeció los labios–. Yo no le hablé de las casas. Él estaba en la agencia hablando con Elizabeth, y oyó mi conversación con el señor Grafton.

Podía haberlo dejado ahí, pero era evidente que el señor Hughes no estaba satisfecho, así que continuó:

–De hecho, es el amigo de un amigo. Él y... un amigo mío fueron juntos a la universidad.

El señor Hughes frunció el ceño.

–¿Y ahora resulta que vive por esta zona?

–Sí.

–Muy bien –dijo el señor Hughes bruscamente–. Pero tendrás que contarle al señor Grafton lo que ha pasado. Es tu cliente. Te sugiero que hables con él a primera hora de la mañana.

Una cita que Grace no deseaba tener.

Sabía que a William Grafton no iba a gustarle que le hubieran quitado las casas, y que disfrutaría haciéndola sentirse mal.

–¡Grace! ¡Grace!

La voz de su padre provenía del piso de abajo y Grace no podía retrasarse más.

Se tomó un par de aspirinas y se miró en el espejo sin mucho entusiasmo.

Ese día iba a trabajar en el pub para sustituir a la camarera habitual.

«De todos modos, si el señor Hughes me echa de la agencia, quizá necesite este trabajo».

Se puso los zapatos, salió de la habitación y bajó corriendo las escaleras.

Solo eran las siete y el bar estaba tranquilo.

Al cabo de un rato, el bar comenzó a llenarse y los clientes empezaron a pedir comida. Grace tuvo que repartirse entre servir copas y llevar los platos a las mesas, así que al poco rato comenzaron a dolerle los brazos. Al menos, ya no le dolía la cabeza.

Estaba llevando dos platos de comida al comedor cuando se abrieron las puertas del local. Grace vio que entraba un hombre alto y de anchas espaldas, y enseguida reconoció a Jack Connolly.

–Hola.

Jack se sentía obligado a hacer el primer acercamiento, aunque en esos momentos se preguntaba si realmente era buena idea.

¿Por qué sentía la necesidad de ir a ver a Grace? De acuerdo, la última vez que habían estado juntos él no se había comportado correctamente, y quizá le debía una disculpa por haberla asaltado de esa manera.

Aunque ella tampoco lo había rechazado. Alguien debería haberle dicho que abrir la boca y permitir que él jugueteara con su lengua, no era la manera de que él se calmara.

–Hola –contestó Grace, y señaló con la mirada los platos que llevaba–. Si me disculpas...

–¡Espera! –Jack no sabía qué más podía decir–. Me gustaría hablar contigo, y no sabía dónde localizarte fuera del horario de oficina.

–Creo que no tenemos nada de qué hablar, señor Connolly –murmuró Grace, y empujó la puerta del comedor con la espalda–. Adiós.

Jack la observó desaparecer con un sentimiento de frustración. Frunció el ceño. El problema era que él no había conseguido olvidar lo que había sucedido. No había sido capaz de pensar en serio sobre nada ni nadie, desde la mañana que estuvo con ella en las casas.

Pero ese no era el único motivo por el que estaba allí.

La visita que le había hecho la señora Naughton unos días atrás lo había puesto en un aprieto.

Desde luego, él no esperaba ningún resultado de la gestión que de forma impulsiva le había pedido hacer a su abogado. Había sido un estúpido y un ingenuo. Sin embargo, se había convencido de que tenía derecho a hacer una oferta por las casas. La idea de reformarlas, empleando su talento y experiencia para crear unas viviendas atractivas, le había parecido sensata.

Necesitaba algo que hacer. Ser un caballero ocioso no era su estilo.

Consideró sus opciones, podía entrar en el bar, pedir una copa y confiar en que ella también estuviera trabajando allí. O podía quedarse donde estaba y confiar en que no hubiera otra salida en el comedor.

Al parecer, no la había.

Solo habían pasado un par de minutos cuando Grace abrió la puerta de nuevo.

No parecía sorprendida de encontrarlo allí, pero tampoco parecía alegrarse.

Una lástima, porque estaba muy guapa. Aparte del primer día en su casa, nunca la había visto vestida con ropa informal, y tanto la blusa que llevaba como los pantalones vaqueros de talle bajo, acentuaban su silueta y su feminidad.

Lo más probable era que ella hubiera pasado a su lado sin decirle nada, pero Jack levantó la mano para detenerla.

—Ay, por favor —dijo ella, tratando de mantenerse fuera de su alcance—. ¿No te parece un poco aburrido? Está bien, quizá el otro día en Culworth te diera la impresión equivocada, pero solo fue un beso, ¡por favor!

—Me alegro de que lo veas de esa manera —repuso Jack—. Para tu información, he venido a disculparme.

—¿A disculparte? —preguntó sorprendida.

—Sí. Sé que esperabas que abandonara la idea de comprar esas casas...

«¿Las casas?».

Grace pestañeó.

—De veras creo que puedo hacer una buena reforma en esa propiedad.

Grace lo miró asombrada.

¿Cómo podía ser tan estúpida? Jack no se estaba disculpando por haberla besado. Se refería a las malditas casas de Culworth.

Ella no dijo nada, y Jack continuó.

—La verdad es que no esperaba tener la oportunidad de reformarlas. Y menos cuando Hughes me dijo que Grafton había aumentado su oferta, pero la señora Naughton dijo...

Eso era demasiado.

–¿Te has puesto en contacto con la señora Naughton? –exclamó ella con incredulidad.

Aquello se estaba poniendo cada vez peor. Jack había hablado con la señora Naughton a espaldas del señor Hughes. No era de extrañar que su jefe estuviera tan enfadado.

–No. Fue ella la que vino a verme.

Grace lo miró boquiabierta.

–¿La señora Naughton fue a tu casa? No te creo.

Jack ya se había dado cuenta y estaba molesto por su actitud.

¿Qué le pasaba a aquella mujer? ¿Por qué insistía en comportarse como si hubiera hecho algo mal?

«Porque diga lo que diga, tú te has aprovechado de ella».

–Bueno, lo creas o no, es la verdad. La gente viene a mi casa. Tú viniste.

–¿Cómo sabía dónde vivías?

–Llamo la atención –contestó Jack–. Creía que ya lo sabías.

Grace se sonrojó.

Una vez más, sus sentimientos la habían traicionado.

–Tengo que irme –volvió a decir.

Había estado más tiempo del que debía con Jack, mientras su padre estaba trabajando, solo, detrás de la barra.

–Está bien.

Jack se encogió de hombros y ella deseó no sentirse tan atraída por aquel cuerpo masculino. Sin embargo, le resultaba imposible no fijarse en él, cuando sus pantalones vaqueros resaltaban la musculatura de sus piernas.

Jack se percató de que lo estaba mirando y dijo:

–No te castigues. Puedes decirle a Sean que todo ha sido culpa mía, y que si quiere darme una paliza...

–Sean no se dedica a pegar a la gente –replicó ella.

Sobre todo si consideraba que se iba a llevar la peor parte.

–¿Ah, no? ¿No? Bueno, quizá debería empezar a hacerlo.

–No es un bruto –dijo ella–. Supongo que lo que estás diciendo es que, si Lisa te hubiese sido infiel, es lo que habrías hecho tú.

–¡Infiel!

Jack estaba alterado por su actitud. Y por su capacidad por darle donde más le dolía. Lo cierto era que ni siquiera había pensado en Lisa cuando besó a Grace.

Y eso era lo más exasperante de todo.

En ese momento, se abrieron las puertas y dos hombres entraron en el salón.

Grace no los conocía, pero por cómo se miraron, era evidente que pensaban que estaban interrumpiendo una conversación privada.

«O un encuentro entre amantes», pensó ella, mientras los hombres se dirigían al bar.

–De veras, tengo que irme –dijo ella, consciente de que la situación había cambiado de algún modo.

–Por supuesto.

Jack metió las manos en los bolsillos traseros de sus pantalones y no intentó detenerla.

Grace dudó un instante antes de que él saliera por la puerta.

–¿No vas a quedarte a tomar una copa?

–¿Te sorprende?

–Bueno, es un sitio público –murmuró ella a la defensiva–. No puedo impedírtelo.

–No –admitió Jack–, pero sé que no quieres tenerme aquí. Y tengo sentimientos.

–¿Y si te digo que no me importa lo que hagas?

–Diría que es evidente –contestó Jack–. Gracias por la oferta, Grace, pero no, gracias.

–¡Grace!

Grace dio un paso atrás al ver que la puerta que comunicaba el bar con el comedor se abría de golpe.

–¡Papá! –exclamó–. Casi me tiras.

El señor Spencer no dijo nada, pero miró directamente a su acompañante.

Y, Jack, que no tuvo oportunidad de escapar, pensó que, a juzgar por la expresión de aquel hombre, Grace y él debían de tener aspecto de culpables.

Capítulo 7

¿OCURRE algo, Grace?

El tono del señor Spencer era de curiosidad y Jack vio que Grace se humedecía los labios con la lengua.

Por una vez, aquel gesto provocativo quedó en un segundo plano debido a su necesidad de explicar quién era él.

–Me llamo Jack Connolly, señor Spencer –le dijo–. Estaba hablando con Grace acerca de una oferta que he hecho por unas casas que están en venta en la agencia –sonrió–. Estoy seguro de que está más que aburrida –continuó él–. Y yo debería haberme imaginado que no hablaría de negocios fuera del horario de oficina.

–Bueno, en estos momentos está trabajando para mí –comentó el señor Spencer antes de dirigirse a su hija–. Will tiene al menos cuatro comidas preparadas para servir en las mesas.

–Iré a buscarlas.

Grace puso una media sonrisa y se dirigió al bar.

Cuando se quedaron a solas, los dos hombres continuaron hablando.

–Me temo que a mi hija no le gusta trabajar en el bar –comentó el señor Spencer–. Por cierto, soy Tom Spencer, el padre de Grace, por supuesto. ¿Nos hemos conocido antes?

–Me temo que no. Me mudé al pueblo hace tan solo

unos dieciocho meses –le explicó Jack–. He estado reformando esa casa antigua que está en la carretera de la
costa.

–¿De veras?

A pesar de sus palabras, Jack tenía la sensación de
que Tom Spencer sabía muy bien quién era.

–Creo que conoce al novio de mi hija.

–Eso es.

–Sean. Es un buen hombre. A mi esposa y a mí nos
cae muy bien.

«Por si tenía dudas al respecto», pensó Jack.

–En cualquier caso, ¿qué tal va la reforma, señor
Connolly?

–Jack –dijo Jack con amabilidad–. La terminé hace
un par de meses. Lindisfarne House ha sido un gran
proyecto, pero lo he disfrutado.

–Estoy seguro.

Tom Spencer se quedó pensativo un instante y señaló con la cabeza hacia el bar.

–Pasa y permite que te invite a una copa –le dijo–.
Siempre damos la bienvenida a los nuevos clientes del
pub.

–Oh, no creo que...

Jack comenzó a protestar, pero Tom Spencer insistió.

–Es lo menos que puedo hacer después de interrumpir tu conversación con Grace –abrió la puerta del bar
y dio un paso atrás para dejarlo pasar–. Me interesaría
que me contaras algo sobre la nueva propiedad que
quieres comprar.

Jack sabía que rechazar la invitación sería de mala
educación, así que se encogió de hombros y siguió al
hombre hasta el bar.

No había ni rastro de Grace. Era evidente que había

ido a recoger las comidas que faltaban por servir. Minutos después salió por una puerta con una bandeja y cuatro platos de comida.

Al ver que Jack estaba allí, lo observó un instante antes de mirar a su padre con curiosidad.

Jack había aceptado la sugerencia de Tom Spencer, se había sentado a la barra y había pedido una pinta de cerveza. Sin embargo, Grace regresó antes de que su padre pudiera preguntarle a Jack sobre la propiedad que quería comprar y sobre lo que quería hacer en ella.

Grace se metió detrás de la barra y se colocó de forma que Tom Spencer tuviera que atender a un cliente que estaba esperando. Ella agarró una bayeta y se puso a limpiar la barra delante de Jack.

–Has cambiado de opinión –le dijo, mirando de reojo a su padre–. Espero que mi padre no te esté dando mucha lata.

–Estoy bien –Jack bebió otro sorbo de cerveza y se limpió la boca con el dorso de la mano–. ¿Y tú?

–¿Yo qué?

Grace lo miró alarmada y Jack se sorprendió una vez más al ver la mirada translúcida de sus ojos verdes. Deseó sujetarle el rostro con las manos y acariciarle con los pulgares las sombras que tenía bajo los ojos. También deseaba colocarle los mechones rojizos que se le habían escapado del moño y sentir la suavidad de su piel con la lengua.

Entonces, supo que no podía contestar a su pregunta.

No debería haber ido allí, y no debería haber aceptado la invitación de su padre.

Aunque, sobre todo, no debería haber probado algo que había resultado ser adictivo.

Bebió otro generoso trago de cerveza y dejó el vaso casi vacío sobre la barra.

Grace lo miró y dijo:

—Deja que te ponga otra cerveza.

—No, una es suficiente —le aseguró—. Estaba buena. Dale las gracias a tu padre de mi parte, ¿quieres?

—¿Te marchas?

—¿No es eso lo que quieres?

Grace suspiró.

Sabía que era lo mejor, porque independientemente del tipo de atracción que Jack Connolly sintiera por ella, sabía que solo era una cosa fugaz.

Jack no estaba seriamente interesado en ella.

Ni ella en él.

—Iba a preguntarte qué te había dicho la señora Naughton —mintió Grace—. ¿Qué te pareció? Es todo un personaje, ¿verdad?

—Sin duda —convino Jack—. ¿La conoces?

—Apenas —Grace se fue un instante para servir a otro cliente y regresó—. Fui yo la que habló con ella cuando tuvo la primera oferta por su propiedad.

—Sí, eso lo suponía. La de Grafton.

Grace hizo una mueca.

—Mañana tengo que decirle al señor Grafton que las casas ya están vendidas. No va a ponerse muy contento.

Jack frunció el ceño.

—¿Te gustaría que lo hiciera yo por ti?

Era una tentación, pero Grace negó con la cabeza.

—Es mi trabajo. El señor Hughes lo dejó muy claro.

—¿Hughes? Ah, el hombre de la agencia.

—Mi jefe, en otras palabras.

Grace puso una pícara sonrisa. Le gustaba hablar con Jack cuando no había un trasfondo sexual en su conversación. Aunque debía admitir que tampoco le disgustaba que lo hubiera.

Era un hombre diferente a Sean. Por un lado, no se

pasaba el rato mirando al resto de los clientes de la barra. Jack parecía realmente interesado en lo que ella decía, y ella deseaba que los problemas que tenía con Sean dejaran de gobernar su vida.

Grace se marchó a atender a otro cliente y, cuando regresó, Jack se bajó del taburete.

–Veo que estás ocupada –le dijo, preguntándose si se habría imaginado que el ambiente había cambiado entre ellos–. No te olvides de darle las gracias a tu padre de mi parte por la cerveza –se alejó, consciente de que se había olvidado de Sean durante la última media hora. Y eso no era prudente–. Buenas noches, Grace.

Grace sabía que su manera de despedirse no era muy entusiasta. No quería que él se marchara, pero tuvo que ir a servirle la bebida a un hombre y, cuando regresó, Jack ya se había ido.

Su padre se acercó a ella enseguida.

–¿El señor Connolly se ha marchado? –preguntó–. ¿Qué te estaba contando?

–Un poco de todo. Hemos estado hablando de las casas. ¿Por qué?

–Curiosidad. Parecía que hablabais en un tono muy amistoso.

–¡Papá!

–¿Sean lo conoce bien? Si yo fuera tu novio, sospecharía de él.

–¡Sean ya no es mi novio, papá! –Grace suspiró. ¿Por qué había dicho eso?

–Sé que todavía le importas –contestó su padre con impaciencia–. Todas las parejas jóvenes tienen discusiones, pero luego se les pasa.

–Puede –si tuviera la manera de recuperar el dinero de sus padres, no tendría que seguir fingiendo–. En cualquier caso, Jack Connolly no está interesado en mí.

–¿Crees que no?

–Es un cliente, papá. Puede que hoy te esté ayudando aquí, pero mi trabajo es el de la agencia.

Tom Spencer frunció el ceño.

–¿Es tu cliente? ¿Eres tú la que está gestionando su oferta?

–Bueno, no –Grace se arrepintió de haberle contado todo eso. En cualquier momento, su padre le recordaría que William Grafton era amigo de la familia–, pero la semana pasada tuve que ir a enseñarle las casas.

–Umm –su padre no parecía contento–. ¿Y sabes lo que piensa hacer con la propiedad?

–Sí.

–Bueno, continúa.

–Papá, apenas conozco a Jack Connolly. Creo que es arquitecto. Supongo que planea hacer algo parecido a lo del señor Grafton.

–¿Y cómo ha conseguido las casas? ¿Will no era el primero de la lista?

–¿Will? Ah, te refieres al señor Grafton. Bueno, sí, pero la señora Naughton decidió que prefería la oferta del señor Connolly. No es culpa mía. ¡Puede vendérselas a quien quiera!

Cuando Jack abrió la puerta de su casa y entró en el recibidor, supo que no estaba solo.

Nada más encender la luz, vio a Lisa sentada en la escalera. Tenía las piernas cruzadas y balanceaba una de sus sandalias.

–Creía que nunca ibas a sitios públicos.

–Nunca, es un tiempo muy largo –contestó Jack, y, sin esperar su respuesta, se dirigió a la cocina.

No había cenado, pero no tenía hambre. Preparó la cafetera y la encendió. Estaba enfadado, y no era por la presencia de Lisa.

–Hay una olla de comida en la nevera –Lisa se había acercado a la puerta–. La señora Honeyman la ha traído esta mañana.

La señora Honeyman era la asistenta. Y como le preocupaba que Jack no se alimentara bien, a veces le preparaba comida.

Jack gruñó en voz baja, sacó una taza y la dejó sobre la encimera con brusquedad.

Tenía ganas de advertirle a Lisa que no estaba de humor para tonterías, pero sabía que ella solo se marcharía cuando hubiera dicho lo que tenía que decir.

–¿Por qué te has puesto de tan mal humor? –preguntó ella.

–No es asunto tuyo –dijo él–. Y a menos que tengas ganas de discutir, te sugiero que te mantengas alejada de mí.

–¡Ooh! –Lisa arqueó las cejas–. Estoy asustada.

Jack no contestó.

–Veo que has tenido otro encuentro con la deliciosa señorita Spencer.

Lisa nunca había sabido mantener la boca cerrada, y Jack la miró de reojo.

–Piérdete, Lisa.

–Temía que diera problemas –murmuró ella–. Y no me hace mucha ilusión que puedas olvidarme sin más.

–Ya, claro.

–En serio –dijo indignada–. Me había acostumbrado a que estuvieras solo.

Jack frunció el ceño.

–Sigo estando solo –contestó–. Ella tiene novio, ¿recuerdas?

–¡Sean Nesbitt! –exclamó Lisa–. Sí, bueno, eso no debería suponerte un problema.

–¿Qué quieres decir?

Jack la miró, pero ya se estaba desvaneciendo.

–Ah, nada –dijo ella, encogiéndose de hombros antes de marcharse.

Jack maldijo con frustración. Se sirvió una taza de café y bebió un trago, casi quemándose la boca.

«Estoy perdiendo la cabeza», pensó con amargura. ¿Cuánto tiempo iba a continuar hablando con un fantasma? Se alegraba de haber encontrado una ocupación. Al menos, así tenía un motivo para salir de casa.

Tres semanas más tarde, Jack firmó los papeles que lo convertirían en propietario de las casas de Culworth. Jack le había pedido a su abogado que se encargara de todo el tema legal. Como consecuencia, la venta se había llevado a cabo sin ningún problema. La señora Naughton se había puesto muy contenta.

Aunque la señora Naughton había pagado su comisión a la agencia, cuando Jack fue a ver a Grant Hughes, se percató de que no estaba nada contento con el tema.

Jack se había preguntado si en la agencia se encontraría a Grace, pero no fue así. Y aunque había estado tentado de preguntarle a la señora Fleming dónde estaba Grace, se contuvo.

De hecho, había llegado a la conclusión de que no volvería a verla. Y era lo mejor.

Entonces, el sábado por la mañana, Jack recibió una desagradable sorpresa.

Acababa de llegar después de haber pasado la mañana en Culworth con el constructor, y al ver un Mercedes plateado frente a su casa, le dio un vuelco el corazón.

El coche estaba vacío y Jack salió de su Lexus y miró a su alrededor.

No había nadie. Suspiró aliviado y se preguntó si el Mercedes podría pertenecer a otra persona. Se dirigió a la puerta de la casa, y buscó la llave. Estaba deseando darse una ducha porque la pared de uno de los dormitorios de la casa de Culworth se había caído de repente, y su compañero y él habían quedado cubiertos de polvo.

No podía esperar para quitarse la ropa, así que empezó a quitarse el jersey mientras atravesaba el umbral.

–¡Eh, Jack! Espera.

La voz era inconfundible, y Sean y Grace aparecieron rodeando la casa.

Él estaba sudando. Las gotas de sudor humedecían el vello de su torso y el pelo de la nuca.

–Estábamos admirando tu jardín –exclamó Sean–. ¿Verdad, Grace? Esperábamos que volvieras a la hora de comer.

Grace puso una sonrisa de resignación. Al ver a Jack con el torso desnudo, todo su cuerpo reaccionó.

Si era un hombre atractivo con la camiseta puesta, lo era muchísimo más con el torso desnudo. Una fina capa de vello cubría su pecho musculoso y bajaba hasta su vientre.

Los pantalones vaqueros se ajustaban a sus caderas, y ella no pudo evitar preguntarse si también se habría quitado los pantalones si ellos hubieran llegado un poco más tarde.

«¿Llevará ropa interior?», pensó Grace, notando que se le aceleraba la respiración al pensar en ello. «Probablemente no», decidió.

–Bueno... –Jack dio un paso atrás para dejarlos pasar–. Pasad –señaló hacia el salón–. Ya conocéis el camino. Dadme un minuto, ¿de acuerdo? Tengo que lavarme un poco.

–Adelante, amigo –dijo Sean.

Grace percibió el aroma de la piel de Jack y notó que su cuerpo reaccionaba. Al sentir que se le humedecía la entrepierna se alegró de no ir vestida con pantalones vaqueros.

–De acuerdo –Jack miró a Grace un momento–. Hola, Grace. Me alegro de verte otra vez –fueron unas palabras amables que contrastaban tremendamente con el calor que desprendía su cuerpo.

Era como si el contacto personal que había habido entre ellos se hubiera borrado de su memoria. Ella respiró con nerviosismo y siguió a Sean hasta el confortable salón en el que ya habían estado antes.

Capítulo 8

TE LO dije –señaló Sean en voz baja nada más oír que Jack subía por las escaleras–. Sabía que él estaría por aquí en algún sitio.

Grace se encogió de hombros.

–Podía haber estado en Culworth. De hecho, creo que es donde ha estado. Habrás visto que tenía el pelo lleno de polvo. Parecía que había estado trabajando en la obra.

–¿Y a quién le importa? –preguntó Sean. Se sentó en un sofá de cuero y le hizo una seña para que ella se sentara a su lado–. Ven aquí. Quiero decirte lo agradecido que te estoy por haber aceptado venir aquí conmigo. Hace años que no hablas conmigo. Sigo esperando que cambies de opinión acerca de quedarte aquí.

–No solo estoy quedándome aquí, ¿no, Sean? –comentó Grace enfadada–. Y solo he venido porque mi padre insistió en que no podía dejarte solo.

De hecho, su padre todavía sospechaba acerca del motivo por el que Jack Connolly había ido al pub a verla. Y lo último que ella necesitaba era que su padre lo mencionara delante de Sean.

Grace se había sorprendido cuando Sean entró en el pub la noche anterior. Habían pasado siete semanas desde que había regresado a Londres, y ella confiaba en que por fin hubiera captado el mensaje respecto a su relación. Por un momento pensó que quizá Sean le diera una buena noticia, como que había encontrado un inversor para su página web. ¿Tenía alguna intención de devolverle el dinero a su padre?

Con Sean, nada era fácil.

Sin embargo, según lo que él le había dicho a su padre, había estado muy ocupado haciendo contactos. Grace no tenía ni idea de cuánto de verdad había en ello, pero estaba dispuesta a agarrarse a cualquier cosa teniendo en cuenta la situación.

Que no había ningún inversor era evidente. Además, Sean no se había quedado muy contento cuando el señor Spencer tuvo que decirle que no podía quedarse en el Bay Horse.

Se estaba celebrando una competición de surf en la costa y, puesto que no sabían que él regresaría de Londres, las dos habitaciones del pub estaban alquiladas.

Sean había sido lo bastante sensato como para no sugerir que podía compartir la habitación de Grace. La respuesta habría sido «no» y él lo sabía, así que había aceptado la sugerencia de que se quedara en el hostal que había en la misma calle.

El problema era que Grace sospechaba por qué había regresado Sean. No había tenido éxito a la hora de conseguir dinero en Londres y estaba segura de que pensaba pedirle un préstamo a Jack.

Y mientras la idea la hacía avergonzarse, no podía negar que sentía cierta esperanza de que Jack pudiera representar la salida a sus dificultades económicas. Se despreciaba solo por pensarlo, pero ¿sería posible que el dinero de Jack pudiera salvar el pub?

Por contra, Jack no le parecía el tipo de hombre que se dejara embaucar tan fácilmente. Solo era una página web más. Y había montones de páginas de comparación en la web. La idea de Sean no era tan original. Grace

solo podía esperar y confiar en que ocurriera un mila-
gro.

–Vamos –dijo Sean–. Al menos finge que seguimos
siendo pareja. No me avergüences delante de Jack.

«¿Avergonzarlo?».

Grace cerró los ojos ante las imágenes que invadie-
ron su cabeza. ¿Realmente era mejor fingir que apoyaba
a Sean, que admitir que tenía miedo de lo que sentía por
Jack?

Grace seguía pensando en aquello cuando Sean se
puso en pie con impaciencia.

–¿Crees que a Jack le importará que me sirva una
cerveza? Tengo sed.

–No puedes rebuscar en la cocina de otra persona
–protestó Grace. Señaló hacia la ventana y dijo–: ¡Mira
qué vista más impresionante! Me pregunto si la competición de surf habrá empezado ya. Sería interesante verla.

–¿Bromeas? Si crees que quiero perder el tiempo
mirando a unos tipos tratando de mantenerse en pie en
una tabla de planchar, estás muy equivocada.

–No era una invitación –contestó Grace, y contuvo
la respiración al oír que Jack hablaba desde detrás.

–Creo que es un poco más exigente que eso –comentó.

Ambos se giraron y vieron que Jack estaba en la
puerta.

Se notaba que se había dado una ducha y Grace se
fijó en que todavía caían gotas de agua de su cabello.
Tenía un aspecto increíblemente sexy y masculino y
ella notó que todo su cuerpo reaccionaba al verlo.

Jack llevaba unos pantalones y una camisa negros,
y de su cuerpo emanaba un intenso atractivo sexual que
ella desconocía antes de conocerlo. Además, el hecho
de que no tuviera la piel completamente seca antes de

vestirse, hacía que la ropa de algodón se le quedara pegada en los sitios más inquietantes.

Por suerte, Sean tenía su propia agenda.

–Jack, amigo mío –exclamó–. Estábamos contemplando la vista.

–¿De veras?

El comentario de Jack hizo que Grace pensara que él había oído todo lo que Sean había dicho.

–Sí –continuó Sean–. ¿Cómo estás, Jack? ¿Sigues teniendo una vida ociosa?

–¿Te refieres a la de un holgazán? –sugirió Jack.

Sean hizo una mueca y no dijo nada.

–Lo que sea –murmuró. Metió las manos en los bolsillos de los pantalones y sacó pecho–. En cualquier caso, ¿qué tal si me ofreces una cerveza? Pasear por tu jardín da mucha sed.

–Está bien.

Jack se volvió y, después, giró la cabeza para mirar a Grace.

–¿Qué te apetece?

«¿Cómo voy a contestarle a eso?».

Grace se sonrojó al ver que no podía controlar sus pensamientos.

Jack, desnudo, en su cama. Y la idea de besarlo de nuevo.

Se estremeció. Era patético. Él podía conquistar su cerebro con tan solo una mirada.

–Pues... Lo que sea –murmuró, consciente de que Sean la estaba mirando.

–Mientras no sea cerveza, ¿verdad, Grace? –bromeó, y trató de poner una sonrisa.

Jack arqueó las cejas.

–¿Vino blanco?

–Estupendo –dijo ella.

–Te acompaño –declaró Sean.

Sean siguió a Jack hasta la cocina y Grace se sentó en la butaca más cercana. En aquel momento ya no le importaba la intención de Sean. Solo deseaba que no se notara la atracción que sentía por Jack.

Jack entró en la cocina con Sean tras él.

Estaba un poco afectado por el comentario del otro hombre, pero decidió no pensar en ello. Jack abrió la puerta de la nevera y sacó dos cervezas y una botella de Chardonnay. Le dio una cerveza a Sean y abrió un cajón para buscar el abrebotellas.

–¿Quieres un vaso?

–No –Sean destapó la cerveza y se sentó en uno de los taburetes de la isla central–. Esta casa está muy bien –dijo después de dar un buen trago–. Seguro que te ha costado una pequeña fortuna.

–De hecho, la conseguí a bastante buen precio –dijo Jack–. Como te habrá contado el padre de Grace, la casa estaba en muy mal estado cuando la compré.

–Ah, pero tú no has hecho todo esto –replicó Sean, señalando con la botella–. Vamos, Jack. Tú no eres de los que se hacen las cosas, ¿verdad?

–Te sorprendería –Jack no tenía intención de contarle a Sean todo lo que había hecho durante la reforma–. ¿Y tú? ¿Has encontrado un trabajo en Northumberland, o has decidido quedarte en Londres?

Sean se encogió de hombros.

–En realidad no he estado buscando, pero no se lo cuentes a Grace. Sigo confiando en encontrar un inversor para mi página web –se bebió el resto de la cerveza–. ¿Alguna idea?

Jack frunció el ceño.

–¿Necesitas un inversor para empezar una página web? Suponía que es algo bastante fácil de hacer.

–No para el tipo de página que tengo en mente –repuso Sean, y le mostró la botella vacía–. ¿Tienes otra?

–Claro.

Jack abrió la nevera de nuevo y le dio otra cerveza.

–¿No deberíamos regresar con Grace? Estará preguntándose dónde estamos.

–Grace está bien –Sean abrió la botella y le dio un trago–. Esta sí que está buena.

Jack no dijo nada y al cabo de unos momentos, Sean lo miró y comentó:

–¿Por qué no me dices lo que piensas de ella? De Grace, quiero decir... La has visto mientras yo estaba en Londres, ¿verdad?

–Supongo que te refieres en la agencia –dijo Jack con tono neutral–. Sí. Ella me enseñó las casas de Culworth.

–Umm –Sean entornó los ojos–. Adelante. ¿Qué te parece? Puedes decírmelo.

Jack notó que cierto resentimiento se apoderaba de él. ¿Dónde quería llegar Sean con una pregunta como esa?

–¿Qué quieres que te diga? –le preguntó–. Parece muy simpática. Y muy eficiente. Eres un hombre afortunado.

–Sí, lo soy, ¿verdad? –hizo una pausa–. Aunque ella se merece mucho más de lo que yo puedo darle. Desde que perdí el trabajo en Sunyata, supone un gran esfuerzo llegar a fin de mes.

Jack sospechaba que aquello era una exageración. Estaba seguro de que Sean y Grace habían ganado suficiente como para tener ingresos decentes.

–En cualquier caso... –continuó Sean–, todos sabemos que a ti te ha ido bien, Jack. No tienes que ir contando los céntimos.

–Ni tú tampoco.

–Yo sí, si quiero llegar a algo. No tengo una abuela rica que me ayude.

Jack suspiró.

–Siento que te sientas así, Sean, pero a mí tampoco me ha salido todo bien.

–¿Te refieres a Lisa?

–Sí –convino Jack, sintiéndose culpable por no haber pensado en su esposa desde hacía días.

No obstante, había pensado mucho en Grace, porque a pesar de que había decidido mantenerse alejado de ella, no podía controlar sus pensamientos tan fácilmente.

–Lisa era una bella mujer –dijo Sean–. Y sé que la amabas, pero has de admitir que no era una santa.

Jack frunció el ceño.

–¿Qué quieres decir con eso?

Por lo que él sabía, Sean solo había visto a Lisa en un par de ocasiones. Una de ellas en su boda. No la conocía lo bastante como para juzgarla.

–Solo estoy diciendo que han pasado un par de años desde el accidente, y que tu vida ha tenido ciertas compensaciones, si sabes a qué me refiero.

–Está bien –Jack ya había tenido bastante–. Si tienes algo que decir, ¿por qué no lo sueltas de una vez?

–Siempre fuiste un bastardo arrogante, ¿no?

–Y tú sabes muy bien que solo estás aquí porque quieres que te ayude.

–Está bien, está bien. Te contaré mi idea para la página web. Es una página de comparaciones. Sé que ya hay muchas, pero no se parece en nada a lo que hayas visto antes.

Había pasado media hora antes de que los hombres regresaran al salón.

Grace estaba hojeando una revista mientras trataba de ignorar lo que sucedía en la otra habitación.

Sean entró en el salón con cierta expresión de satisfacción en el rostro. Grace sintió un nudo en el estómago al pensar que debía de haber conseguido su objetivo.

¿Y cómo lo había conseguido? ¿Por qué Jack había aceptado tan fácilmente? ¿Le habría parecido interesante su idea? ¿O era que se sentía culpable después del tórrido incidente que habían tenido en las casas de Culworth?

Grace sospechaba que era debido a lo segundo, sobre todo porque la expresión de Jack era de cinismo. Le molestaba muchísimo que Sean los hubiera puesto en esa situación, y ella deseaba marcharse.

–¿Vino blanco?

Jack le estaba ofreciendo una copa y ella se sintió obligada a aceptarla.

A pesar de que eludió su mirada, no pudo evitar estremecerse cuando sus dedos se rozaron.

–Gracias –murmuró ella con desgana, sintiéndose mucho peor cuando Sean se sentó en el brazo de su butaca.

–¿Sabes qué? –le dijo.

–¿Qué? –preguntó ella, percatándose de que Jack había elegido quedarse de pie.

No llevaba zapatos. Y Grace no podía evitar encontrarlo tremendamente sexy.

Todo acerca de Jack Connolly era sexy y, por algún motivo, su cuerpo se negaba a ignorarlo.

–Jack ha aceptado echarle un vistazo a mi idea –dijo Sean con una sonrisa–. Te dije que estaría interesado. Es como yo. Reconoce una buena inversión nada más verla.

Grace tuvo que morderse la lengua para no decir que Jack no se parecía en nada a Sean.

¿Por qué Sean no había esperado a ahorrar lo suficiente para especular en algo tan arriesgado con su propio dinero? Habían estado a punto de que sus padres entraran en bancarrota con sus mentiras. Y debería saber que por cada página web que alcanzaba el éxito, al menos otra docena fracasaba.

–¿Y bien? ¿No tienes nada que decir? ¿No vas a felicitarme por ser un vendedor tan astuto?

Grace sintió que se le helaban los labios.

Sabía que debía decir algo, pero cometió el error de levantar la vista primero. Al ver que la expresión de Jack era de desprecio, se estremeció.

–Es una noticia estupenda –consiguió decir.

Jack miró a otro lado antes de decir algo de lo que se pudiera arrepentir.

Por suerte, Sean se puso en pie y dijo:

–Creo que deberíamos irnos. La madre de Grace se preocupa mucho y llevamos fuera más tiempo de lo que esperábamos.

Grace se mordió la lengua con fuerza.

Sean nunca se había preocupado por lo que su madre pudiera sentir.

Quizá se había dado cuenta de que Jack ya estaba harto de ellos. Después de todo, era posible que Sean tuviera algo de sensibilidad.

Capítulo 9

NO PENSARÁS meterte en negocios con Sean Nesbitt!

A la mañana siguiente, después de haber pasado una mala noche soñando con Grace y Sean, Jack había decidido prepararse un sándwich de beicon.

–¿Qué te pasa? –preguntó Jack, mirando a Lisa–. Tú no vas a perder nada con ello.

–Me siento dolida –exclamó ella. Estaba de pie al otro lado de la isla, con los brazos cruzados y preparada para pelear.

–Conozco ese sentimiento –dijo Jack, colocando las lonchas de beicon sobre una rebanada de pan–. Sean tiene razón. He sido afortunado. Al menos, en el tema económico. Y puede que esté en deuda con él después de una amistad de tantos años.

Lisa resopló.

–Sean Nesbitt nunca fue un buen amigo tuyo –contestó–. ¡Oh-oh! ¡Se avecina un problema!

–¿Qué quieres decir?

Jack levantó la cabeza para mirarla, justo cuando Lisa comenzaba a desvanecerse. Entonces, vio a la señora Honeyman a través de la ventana de la cocina. Llegaba media hora antes.

Jack maldijo en silencio, comprendiendo perfectamente lo que Lisa quería decir.

Se dirigió a la puerta para quitar el cerrojo y dejarla entrar.

–¡Señor Connolly!

Sus palabras no necesitaban mayor explicación y Jack suspiró.

–Sí, lo sé. Los fritos son malos para la digestión, pero ¡tenía hambre!

La señora Honeyman negó con la cabeza y comenzó a limpiar lo que él había ensuciado. Después, lo observó un instante y dijo:

–Me imagino que le apetecerá un café, ¿no?

Jack tenía la boca llena, pero asintió. No pensaba decirle que ya se había tomado tres tazas de su bebida favorita.

–Puesto que estaré aquí todo el día, ¿quiere que le prepare algo de comer? He traído unos tomates y podría picar la carne que sobró de ayer y preparar una salsa boloñesa.

–Es muy amable, señora Honeyman...

–¿Pero?

–Pero no comeré aquí –se disculpó–. He quedado con el constructor en Culworth, y es probable que me tome un sándwich con él.

–¡Otro sándwich!

La señora Honeyman arqueó las cejas y Jack sonrió.

–En cualquier caso, no se preocupe. Me aseguraré de que tenga algo de verdura fresca para cenar. Y quizá un pastel de carne.

Jack negó con la cabeza.

–Me mima demasiado, señora Honeyman.

–Alguien ha de hacerlo –dijo ella–. Ya es hora de que se busque una amiga. Está bien que respete a su difunta esposa, pero un hombre necesita a una mujer en...

–Sí, ya sé a qué se refiere –dijo Jack, consciente de que la señora Honeyman no sabía lo acertadas que habían sido sus palabras.

La noche anterior había tenido a una mujer en su cama. Por desgracia, la mujer en cuestión no sabía nada acerca de ello.

Grace condujo la última media milla hasta la iglesia. El pequeño aparcamiento estaba bastante lleno, pero no había ni rastro del Lexus de Jack. Grace sintió que se le encogía el corazón. Estaba convencida de que Jack estaría allí.

Según lo que había oído en la agencia, no había habido ningún problema para obtener los permisos de obra de las casas de Culworth. En realidad, no había motivos para que Jack estuviera allí. Si la obra había comenzado, él no tenía por qué participar en ella de forma activa. Era probable que fuera a supervisar de vez en cuando, pero nada más.

Grace suspiró. Después de todo, podía haberse acercado a su casa, pero no quería que la gente rumoreara.

Había pasado casi un mes desde que Sean la había llevado a casa de Jack. Casi un mes desde que se había sentido avergonzada y humillada. Casi un mes, y Sean no había hecho ningún comentario sobre la posibilidad de devolverle el dinero que su padre le había prestado.

Y casi un mes desde que ella había prometido que nunca volvería a ver a Jack Connolly.

¡Recordaba cómo la había mirado! Y no pudo evitar estremecerse. Era evidente que él pensaba que ella era tan culpable como Sean por lo que había pasado.

Quizá incluso pensaba que ese era el motivo por el que ella se había lanzado a sus brazos el día que fueron a visitar las casas. Sin duda era una posibilidad, a pesar de que ella no había querido acompañar a Sean.

¿Y por qué había ido hasta allí?

Grace abrió la puerta del coche y salió. Decidió acercarse al acantilado y ver desde allí cómo iba la obra de las casas. No tenía nada que hacer hasta la hora de comer.

Tan pronto como empezó a avanzar por el camino, vio el Lexus. Estaba aparcado a poca distancia de las casas junto a una camioneta y dos furgonetas. Todo indicaba que la obra estaba en marcha, y Grace se dio cuenta de que no podría hablar con Jack a solas. Pensó en darse la vuelta. En ese momento salió un hombre de una de las casas y la vio.

No era Jack, pero el hombre se acercó a ella preguntándose si necesitaba ayuda. Era un hombre atractivo, de unos cuarenta años, y Grace tenía la sensación de haberlo visto antes.

–No debería acercarme más –dijo él, señalando el casco que llevaba–. Y tampoco está permitido que la deje pasar.

Grace esbozó una sonrisa al darse cuenta de quién era él.

–Eres la hija de Tom Spencer, ¿no? –preguntó él–. Te he visto en el pub.

–Así es –murmuró ella, preguntándose cuál era la probabilidad de encontrarse con alguien de Rothburn en aquel alejado lugar.

Aunque era normal que Jack hubiera contratado a un constructor que ya conocía. La empresa de Bob Grady había hecho parte de la reforma de Lindisfarne House.

–Lo sabía –Grady parecía contento con su deducción–. ¿Y qué estás haciendo aquí? Trabajas para la agencia inmobiliaria, ¿no? ¡No me digas que Jack ya ha puesto las casas en venta!

–Oh, no. ¡No!

Grace no podía permitir que él pensara tal cosa y que fuera a la agencia y le comentara al señor Hughes que ella había pasado por allí. Ya le iba a resultar bastante difícil explicárselo a su padre. Porque estaba segura de que Grady lo mencionaría en cuanto tuviera la oportunidad.

–¿Quieres ver a Jack?

El hombre se mostraba insistente, pero Grace tuvo una idea brillante.

–No –le dijo con inocencia–. Fui yo quien le enseñó las casas al señor Connolly, y, como pasaba de camino, se me ocurrió venir a ver cómo iban progresando.

–Ah. En cuanto a la obra se refiere, no ha hecho más que empezar.

–¿Ha habido algún problema?

–Así es –Grady hizo una mueca–. Encontramos desperfectos importantes en los cimientos y es posible que tengamos que demoler la mayor parte de los muros de carga.

–Ya.

–Sí –Grady se volvió para mirar los edificios–. Jack ha traído a otro arquitecto para que eche un vistazo y ahora mismo está hablando con él. Dice que quizá podamos infiltrar cemento en los cimientos actuales. De ese modo no tendríamos que tirar abajo todo.

Grace negó con la cabeza.

–¿Está enfadado? –preguntó sin pensar.

Grady la miró con curiosidad.

–¿Enfadado? Bueno, no está contento. Eso seguro, pero, si alguien puede resolver el problema, es él. Ha ganado premios por algunos trabajos que diseñó en Irlanda, ¿lo sabías?

A Grace no le sorprendía. Tenía la sensación de que cualquier cosa que hiciera Jack, la haría bien.

«Increíblemente bien», pensó. Como hacer el amor. Algo le decía que sería un experto en eso también.

Ella se estremeció al recordar lo que había sentido cuando él la había besado.

«Oh, cielos», pensó. No había sido buena idea haber ido allí. Y menos cuando el simple recuerdo del aroma de su cuerpo provocaba en ella un intenso deseo, que no había podido calmar.

Estaba tratando de recordar lo que Grady había dicho para contestar cuando el hombre habló de nuevo.

—Aquí está Jack. Y ese es el otro arquitecto. Confiemos en que traigan buenas noticias. No quiero tener que despedir a mis hombres otra vez.

Grace sintió un nudo en la garganta al ver que los dos hombres se acercaban. Al ver que Jack la había reconocido y que no parecía contento de verla, sintió que le costaba respirar.

Iba vestido con unos pantalones vaqueros y una camisa de algodón arremangada y, cuando llegó a donde estaban los vehículos aparcados, se quitó el casco. Abrió el maletero de su Lexus y lo guardó.

Tenía el cabello alborotado y Grace se fijó en que le había crecido durante las últimas semanas.

—Tienes visita, Jack —dijo Grady, sin esperar a que Grace se presentara—. Dice que es la que te mostró las casas por primera vez.

—Sí. Eso es —Jack era demasiado educado como para dar otra respuesta.

Grace enderezó la espalda y lo miró.

—El señor Grady me ha estado contando que se han encontrado con algunos problemas —dijo ella—. Quizá debería hablarlo con la señora Naughton. Es posible que pueda comprar las casas otra vez.

—¡No creo! —repuso Jack, y se dirigió al constructor—.

Ralph cree que podemos infiltrar cemento para fortale-
cer los cimientos. Tampoco vamos a construir un aparcamiento de varias plantas.

–Eso es estupendo, Jack –dijo Grady–. Ahora mismo
regreso a la obra.

–Muy bien.

Jack miró a Grace antes de acercarse al hombre que
estaba a su lado.

–Gracias por tu opinión, Ralph. Te la agradezco de
veras.

–Ha sido un placer. Tú habrías hecho lo mismo por
mí –miró el reloj–. Será mejor que me vaya. Adiós, Bob.
Adiós, señorita Spencer.

–Ah... Adiós.

Grace agradeció que él la hubiera incluido en sus
despedidas, a pesar de que Jack no se había molestado
ni en presentarlos.

Claro que era evidente que en aquellos momentos no
era la persona favorita de Jack. No debería haber ido
allí. Y debía marcharse.

–Iré con usted –dijo ella, al ver que Ralph se alejaba.

–No, está bien, Ralph –intervino Jack al ver que el
hombre se volvía para esperarla–. Quiero hablar un momento con la señorita Spencer –miró a Bob Grady y le
preguntó–. ¿Por qué no vas a la obra y les cuentas a los
hombres lo que ocurre?

–Por supuesto –contestó Bob.

Grace no pudo evitar ponerse nerviosa cuando Jack
se acercó a ella. Era incapaz de ignorar su magnetismo
y de controlar su reacción ante tanto atractivo.

Capítulo 10

DEMOS un paseo –dijo Jack, señalando el camino que llegaba al acantilado–. Te sugeriría que habláramos en mi coche, pero sé que nos observarán.

–¿Y eso te importa?

–Suponía que a ti te importaría –dijo él–. Preferiría que esta noche, los hombres de Grady no tuvieran nada de lo que hablar en el Bay Horse.

–¡Cielos! ¿Crees que lo comentarán?

–Estoy seguro –dijo Jack con ironía.

–Si hubiese sabido que habías contratado a gente de Rothburn...

–No habrías venido, lo sé. No ha sido la más sensata de las ideas.

Grace se puso tensa.

–Tenía que hablar contigo.

–Ya lo supongo.

Pasaron junto a las casas y Grace sintió que todo el mundo los miraba. Sin embargo, Jack parecía indiferente y ajustó el paso al de ella.

El camino era cada vez más irregular y a Grace le costaba avanzar por culpa de los zapatos de tacón.

–¿Quieres contarme a qué se debe todo esto? –preguntó él cuando ya nadie podía oírlos.

Grace se humedeció los labios y no pudo resistirse a mirar hacia atrás. Jack no la estaba tocando, pero ella era plenamente consciente de su cercanía. Y estaba segura de que cualquiera que los mirara podría leer su lenguaje corporal como si fuera un libro abierto.

El aroma de Jack inundaba sus sentidos, y su calor la envolvía con una incontrolable sensualidad.

Cuando llegaron a los escalones de roca que bajaban hasta una cala, Grace se detuvo.

—¿Crees que podríamos bajar a la playa? —sugirió ella.

Al menos, allí no los vería nadie. No le gustaba el sentimiento de vulnerabilidad que experimentaba en esos momentos.

Jack la miró a los ojos un instante, antes de mirarla de arriba abajo. Grace notó que le flaqueaban las piernas.

—¿Crees que podrías bajar con esos tacones? —preguntó él con incredulidad.

—Puedo quitármelos —dijo ella, y se agachó—. ¿Lo ves? Ya está.

A pesar de todo, Jack sospechaba que debía rechazar su propuesta e insistir en que permanecieran en lo alto del acantilado. Al menos, allí él podía engañarse pensando que todavía tenía algo de sentido común. Aceptar sería una locura.

No obstante, se encontró diciendo:

—Está bien, pero yo iré primero. Solo por si no te resulta tan fácil como crees.

Grace asintió.

Jack comenzó a bajar las escaleras. De vez en cuando miraba hacia atrás para asegurarse de que ella estaba bien. La vista era impresionante. Bajo la falda, sus largas piernas se extendían hasta su entrepierna de forma provocativa.

Grace trató de concentrarse en dónde ponía los pies.

Por desgracia, cuando llegaron a la arena, se le habían roto las medias en diferentes sitios.

Jack estaba esperándola y su manera de mirarla fue la gota que colmó el vaso.

–Date la vuelta –le ordenó ella. Y cuando él obedeció se quitó las medias y las guardó en un zapato–. Está bien. Ya puedes mirar.

Era lo más sensato que había podido decir, porque dudaba que hubiera algo que pudiera impedir que Jack la mirara. Y sin las medias, se sentía más expuesta.

–¿Estás bien?

–Sí –contestó ella, dejando los zapatos al pie de la escalera y alisándose la falda.

Jack miró hacia la cala y dijo:

–Vamos por aquí. Creo que hay algunas cuevas entre las rocas.

–¡Cuevas!

No quería ir a una cueva con él. Tan solo la idea resultaba tentadora.

Ella frunció el ceño. No estaba allí para repetir errores pasados. Solo quería que Jack comprendiera que la ayuda económica que Sean le había pedido no tenía nada que ver con ella.

–Sí, cuevas. Según un señor de la zona, conectaban con el túnel de un castillo que hay por aquí.

–¿De veras?

–El hombre dice que el túnel ha sido cerrado porque hay peligro de desprendimientos –continuó Jack–. Quizá en esta costa siga habiendo contrabando.

–No creo que sea muy preocupante. Las mareas son muy inestables y hay corrientes subterráneas –forzó una sonrisa–. Además, a algunas personas les encanta contar historias.

Jack la miró de reojo.

–¿Qué te pasa, Grace? ¿Habrías deseado que nos hubiéramos quedado donde estábamos?

–¡No!

–¿Seguro? ¿No te preocupa lo que pueda pasar mientras estamos juntos y a solas?

–¡No!

–Eso está bien, porque te aseguro que no tienes nada que temer.

–¿Te he dicho que no confío en ti? –preguntó ella.

–No –dijo él, apartando la mirada de su escote–. Por el momento, mientras seguimos comprendiéndonos el uno al otro.

–Yo... Necesitaba hablar contigo, eso es todo.

–No paras de decir eso –Jack la miró expectante–. ¿Por qué no hablas de una vez? Te escucho.

–No es tan fácil.

–¿No? Nunca has tenido problemas para hablar.

Grace dudó un instante.

–¿Me culpas por el hecho de que la reforma de las casas vaya a ser más costosa de lo esperado?

–Oh... no –dijo él–. ¿Estás diciendo que el señor Hughes sabía que había un problema estructural?

–No. Quizá la señora Naughton sí. Aunque es una mujer mayor y probablemente no haya entrado en las casas desde hace años.

–Está bien –Jack la miró.

Grace apretó los labios. Era evidente que le preocupaba algo más, y Jack sospechaba que tenía algo que ver con Sean.

–¿Qué pasa, Grace? ¿Los cien mil que le presté a Sean no son suficiente?

–¿Le has prestado cien mil libras a Sean?

Jack no contestó. Estaba arrepintiéndose de haberlo admitido delante de ella.

Se volvió y miró hacia el mar azul. Estaba tan en calma que el horizonte se veía bien definido.

Suspiró. No quería mantener aquella conversación. Y menos con alguien que evidentemente tenía mucho interés en su resultado.

¿Sean no era capaz de librar sus propias batallas? ¿Tenía que mandar a una mujer para que hiciera el trabajo?

Y, si era así, ¿qué decía aquello de su relación con Grace? Jack no había olvidado la extraña conversación que Sean había iniciado en su casa, acerca de ella

—Mira —dijo al fin, volviéndose para mirarla otra vez—. No es gran cosa. Sabía dónde me metía. Eso sí, ¡dile a tu novio que se acabó! Que no voy a invertir nada más en su empresa, al menos hasta que me demuestre que sabe lo que está haciendo.

Grace negó con la cabeza con incredulidad. ¿Pensaría que él estaba mintiendo?

—No sé qué decirte —murmuró ella.

Y Jack se puso tenso al ver que sus ojos verdes se llenaban de lágrimas.

—No sabía cuánto dinero te había pedido prestado —susurró ella, buscando un pañuelo de papel en el bolso—. En serio, no tenía ni idea.

Jack deseaba creerla, pero era la novia de Sean.

—Está bien —dijo él.

—No me crees —comentó ella.

—Maldita sea, Grace —replicó él, afectado por su aspecto de vulnerabilidad.

Se disponía a sujetarla por los brazos cuando ella se retiró e hizo una mueca de dolor al chocar contra una roca.

—No te atrevas a sentir lástima por mí.

—No lo hago —aseguró él, y se acercó a ella.

Cuando Grace sintió la pared de roca a su espalda, supo que no tenía escapatoria.

–Grace –dijo él, apoyando las manos a cada lado de su cabeza y mirándola a los ojos–. ¿Por qué diablos no pudiste dejar las cosas como estaban?

–Y no haber venido, ¿quieres decir? –preguntó ella con impaciencia.

–Eso es lo de menos –dijo él. Inclinó la cabeza y la besó.

Su sabor era tan delicioso como recordaba. Tenía los labios separados y él no dudó en introducir la lengua en su boca.

Grace lo recibió sin dudarlo y él dobló los codos para estrechar su cuerpo contra el de ella. Sus pezones turgentes rozaron su torso y él se sintió tentado de estrecharla contra la pared de roca y mostrarle lo que ella le hacía sentir.

Aunque sabía que, si lo hacía, no podría hacerse responsable de las consecuencias.

Sin embargo, a pesar del amor que había sentido por Lisa, nunca había conocido a otra mujer que hubiera tenido ese efecto sobre él. Sentía la necesidad de protegerla y deseaba hacerle el amor allí mismo.

–Esto es una locura –dijo él, besándola en el cuello. Ella estaba temblando.

–Lo sé –contestó ella, mirándolo con una mezcla de incertidumbre y anticipación.

–Deberíamos irnos –opinó Jack, pero no se movió. No podía moverse. Y, cuando ella levantó la mano para acariciarle el rostro, comenzó a temblar incontrolablemente.

Tenía el mentón cubierto por la barba de dos días, pero a Grace le encantaba su tacto. Y también le encantó cuando volvió la cara para besarle la palma.

Entonces, él la sujetó por la barbilla. Esa vez, su boca estaba ardiente de deseo y ella no tenía manera de defenderse ante tanta pasión.

Grace lo correspondió, sin importarle dónde estuvieran o quién pudiera verlos. Levantó los brazos y lo rodeó por el cuello, acariciándole el cabello de la nuca.

Arqueó el cuerpo para rozar el cuerpo de Jack, y notó su miembro erecto. Entonces, deseó que él pudiera imitar con su miembro la seductora invasión que le estaba haciendo con la lengua.

Al ver cómo había respondido ella, Jack se sintió un poco desesperado. Se suponía que aquello no debía suceder.

Deslizó la mano por debajo de la blusa y le acarició los pechos por encima del sujetador de encaje. La prenda cedió con un poco de presión, dejando sus senos liberados.

–Cielos –murmuró mientras le desabrochaba los botones de la blusa antes de capturar uno de sus pezones con la boca–. ¡Eres preciosa!

Grace se quedó sin respiración cuando él le acarició el pezón con la lengua. Se sentía débil y poderosa a la vez, y le temblaban las piernas por el esfuerzo de tratar de mantenerse de pie durante aquel ataque sensual.

Jack intentó mantener la cordura, pero estaba perdiendo la batalla. Su tacto, su sabor, sus caricias, hacían que cualquier tipo de resistencia fuera en vano y, cuando la besó de nuevo en la boca, supo que no había marcha atrás.

La sujetó por las caderas, la apoyó contra la pared y presionó su miembro erecto contra su cuerpo, notando que ella separaba las piernas para recibirlo.

Después, le levantó la falda y le acarició los muslos.

–Te deseo.

–Y yo a ti –dijo ella en un susurro mientras él le bajaba la ropa interior.

–¿Aquí mismo? –preguntó él.

Ella asintió.

–Sí, aquí –dijo ella, y Jack cerró los ojos.

Ella le desabrochó el cinturón y los pantalones, y le acarició el miembro erecto.

Jack la levantó contra su cuerpo, le separó las piernas para que lo rodeara por las caderas y presionó el miembro contra su húmeda entrepierna.

Grace contuvo la respiración al sentir que la penetraba, llenando su interior y provocando que se sintiera completa como nunca antes se había sentido.

Una mezcla de sensaciones se apoderó de ella. Era como si todo diera vueltas a su alrededor, y volara sobre el mar hacia el sol.

Jack la penetró de nuevo, después se retiró lo justo para dejarla suplicando que lo volviera a hacer. Ella le clavó las uñas en los hombros. Deseaba arrancarle la camisa, pero tuvo que conformarse con meter los dedos por el cuello y sentir la suavidad de su piel bajo las yemas.

Jack continuó penetrándola una y otra vez. Ella tenía la sensación de que su cuerpo iba a comenzar a arder. De que el deseo que él había provocado solo podría calmarse si ambos se dejaban consumir por las llamas.

Y entonces, ocurrió.

Justo cuando pensaba que ya no podía soportarlo más, su cuerpo estalló alrededor del miembro de Jack. El éxtasis se apoderó de ella y la fuerza de su orgasmo dejó a Jack al borde del suyo.

Él se habría retirado de su cuerpo para terminar sobre la arena, pero Grace no se lo permitió.

Lo capturó con fuerza entre sus piernas, tratando de

prolongar aquel momento todo lo posible, y anhelando que compartiera su orgasmo con ella, igual que ella había compartido el suyo con él.

Y entonces, era demasiado tarde para que Jack hiciera otra cosa que no fuera derramar su semilla en el interior del cuerpo de Grace y rezar para que Dios lo perdonara.

Capítulo 11

DÓNDE diablos has estado?
    Era pasada la medianoche cuando Jack regresó
a casa. Y tras haber pasado las últimas seis horas tratando de calmarse con alcohol, no estaba de humor para aguantar los comentarios de Lisa.

–Piérdete –le dijo.

–¡Eh, estás borracho! No sé lo que te pasa, Jack.
Nunca te había preocupado tan poco tu salud.

Jack no estaba dispuesto a discutir el tema. Cerró la
puerta de un portazo y se preparó para subir por las escaleras.

Entonces, sin encender la luz, comenzó a cruzar el
recibidor.

Por suerte, parecía que Lisa había decidido dejarlo
tranquilo. Estaba agotado. No podía esperar a desnu-
darse para meterse en la cama.

No pretendía dormir. No podía dejar de pensar en lo
que había sucedido en Culworth y su cuerpo todavía estaba bajo los efectos de lo que él consideraba el mejor
sexo que había tenido nunca.

Por eso había pasado tanto tiempo en un pub del
pueblo de al lado. Para intentar borrar de su mente lo
sucedido. No había tenido éxito.

El recuerdo de la boca de Grace, de su cuerpo, y de
su sensualidad invadía su pensamiento y no era capaz
de pensar en nada más.

Y después de tantas horas, todavía no había conseguido comprender en qué había estado pensando para hacer lo que hizo.

De acuerdo, ella tampoco se había resistido, pero eso no era excusa para su manera de comportarse. Primero la había ofendido con el tema de la petición de Sean, y luego se había aprovechado de su manera de reaccionar.

Ella necesitaba apoyo, no que la sedujeran. Comprensión, y no la desbordante pasión de alguien que, al parecer, no se preocupaba por su sensibilidad, ni la de Sean.

¡Sean!

No soportaba pensar en lo que le había hecho a Sean. De acuerdo, no había duda de que Sean y ella ya no compartían los mismos objetivos. Sin embargo, él seguía siendo el novio de Grace, el hombre que pensaba casarse con ella.

No obstante, Grace no se había comportado como si se sintiera culpable de lo que había sucedido. Al contrario, había respondido a su acercamiento haciéndole el amor con gran sensualidad. Jack dudaba de que pudiera volver a mirar aquella cala de arena sin recordar lo que había sucedido entre ellos con todo detalle.

Había sido el ruido de las gaviotas lo que había provocado que volviera a la realidad. Embriagado por la pasión, le había supuesto un gran esfuerzo separarse de Grace. No quería hacerlo y, a juzgar por la manera en que Grace se había agarrado a él, ella tampoco.

Recordaba que ella había protestado mientras él trataba de recolocarle la ropa. Y no había sido capaz de contenerse y no besarla de nuevo.

¿En qué había estado pensando?

Se había vuelto loco de deseo.

Más tarde regresaron caminando por la playa hasta donde ella había dejado sus zapatos. Él no esperaba que Grace fuera a decirle nada, sin embargo, ella comentó:

–Quiero que sepas que no pretendía que sucediera esto. Y no te culpo. No te culpo de nada –suspiró–: Solo quería que supieras que mi idea no era acercarme a ti para pedirte dinero. Durante el mes pasado, he tratado de reunir el valor suficiente para disculparme por el comportamiento de Sean.

¡Sean!

En ese momento, Jack se sintió miserable. Si hubiera creído a Grace desde el primer momento, aquello no habría sucedido.

No recordaba qué era lo que le había contestado en aquel momento. Recordaba que habían subido por la escalera y que le había dado la mano cuando ella se hizo daño con una piedra en la planta del pie.

Finalmente, le había hecho dos preguntas. Si amaba a Sean y por qué estaba con él si no lo amaba.

Grace no le había contestado. Con un brillo sospechoso en la mirada, había recogido sus medias y las había guardado en el bolso antes de ponerse los zapatos. Era como si con ese gesto hubiera marcado el fin de lo que había ocurrido entre ellos.

Y Jack no sabía qué era lo que ella sentía de verdad.

Recordaba que la había acompañado hasta el coche, y que, cuando por fin se marchó, él había entrado en estado de shock. No conseguía olvidar los sentimientos que ella había provocado en él.

A pesar de que lo que deseaba era olvidar sus penas con una botella de whisky, pasó un par de horas rompiendo a mazazos una de las paredes de la cocina de una de las casas.

Esperaba que Bob Grady no contara nada en el Bay Horse.

Por la tarde, no fue capaz de controlarse más. Necesitaba hablar con Grace y tratar de llegar a una conclusión. Aunque, en realidad, estaba desesperado por oír su voz.

Llamó a la agencia y Elizabeth Fleming le dijo que Grace había llamado diciendo que no se encontraba bien y que se tomaba el resto del día libre.

Por supuesto, Jack no le había pedido el número de su teléfono móvil.

Y tampoco estaba dispuesto a llamar al Bay Horse...

Así era como había acabado en otro pub tratando de buscar algo que lo aliviara. Sin embargo, solo consiguió terminar con el estómago revuelto y un fuerte dolor de cabeza.

Al ver que se encendía una luz, se desconcertó.

Estaba a mitad de la escalera y se agarró a la barandilla, sobresaltado.

–Maldita sea, Lisa –gritó, aunque ella nunca había hecho algo así con anterioridad–. ¡Déjame tranquilo!

–¡Oh, Jack!

Jack levantó la vista y vio a Debra Carrick en lo alto de la escalera.

–Oh, Jack –dijo ella de nuevo, alisándose el camisón–. Creía que habías venido aquí para superar lo de Lisa, pero me da la sensación de que no te está funcionando.

Jack se quejó.

Era lo que le faltaba. Que la hermana pequeña de Lisa fuera allí para ayudarlo a lamerse las heridas.

Unas heridas que ya se le habían curado. De pronto, se percató de que el dolor que había sentido tras la muerte de Lisa, se había evaporado.

–Estoy bien, Debs –le aseguró a su cuñada.

O lo estaría, en cuanto consiguiera llegar a su habitación.

–Estabas llamando a Lisa –protestó ella–. Te he oído. Le dije a tu madre que agradecerías un poco de compañía, a pesar de que dijeras lo contrario.

Jack resopló.

–Te estás imaginando cosas –le dijo–. En cualquier caso, ¿qué estás haciendo aquí? ¿Cómo diablos has entrado?

–Había una mujer en la casa cuando llegué –contestó Debra–. Creo que su nombre es Honeyman.

–Así es –dijo Jack–. Pero suele marcharse al mediodía.

–Y así fue –Debra se dirigió hacia él–. Llevo aquí desde las once y media. Esta mañana aterricé en Newcastle y vine en taxi desde el aeropuerto.

Jack, que había empezado a bajar las escaleras, llegó abajo sin darse cuenta. El impacto repentino provocó que se tambaleara un poco y Debra bajó corriendo los últimos escalones y lo rodeó por la cintura.

–Está bien –le dijo. Entonces, al percibir que olía a alcohol dio un paso atrás–. Has estado bebiendo –exclamó–. Oh, Jack, me alegro tanto de no haber seguido el consejo de tu madre y haber venido...

«No deberías haberlo hecho», pensó él, pero no dijo nada. Se separó de ella y se dirigió a la cocina.

Su madre debería haberlo llamado para advertirle de que Debra iba a ir a visitarlo, en lugar de permitir que tuviera que enfrentarse con una mujer que evidentemente pensaba que estaba a punto de derrumbarse.

–¿Quieres un café? –preguntó él.

–¿A estas horas de la noche? –Debra lo había seguido hasta la cocina, y Jack se colocó rápidamente al otro lado de la isla–. ¿No deberías comer algo?

–No tengo hambre. ¿Tú has comido?

–Oh, sí –dijo Debra–. La señora Honeyman me preparó una sopa a la hora de comer. Y me dijo que te dijera que ha dejado un pastel de carne en la nevera –se encogió de hombros–. Espero que no te importe, pero me he preparado una tortilla para cenar. Supongo que podía haber cocinado el pastel de carne, pero no sabía a qué hora ibas a regresar.

Jack asintió y encendió la cafetera.

–Cuéntame, Debs. ¿Para qué has venido?

–Creía que eso era evidente –dijo ella, dolida por la pregunta–. Todos estamos preocupados por ti.

–¿Quiénes sois todos?

–Tu padre, tu madre... Francis.

Jack suspiró.

–Te equivocas, Debs –negó con la cabeza–. Mis padres no están preocupados. Saben que aquí estoy contento, haciendo lo que quiero y viviendo mi vida en otro lugar nuevo y diferente. Y en cuanto a Francis... mi hermano es sacerdote. No tiene tiempo para preocuparse por mí.

–Entonces, Maeve –contestó Debra–. ¿Sabías que está embarazada? ¿Otra vez?

Jack disimuló su sonrisa.

–Creo que acabas de contestar a tu pregunta, Debs. Mi hermana tiene dos hijas y un marido a quienes cuidar. Por no mencionar al otro bebé que está en camino. Si su hermano es demasiado cabezota, o demasiado egoísta para ponerse en contacto con ella, probablemente piense que no se merece que le hagan caso.

–Sabes que ella no piensa así.

–Lo sé.

Jack sabía que era verdad. Siempre habían sido una familia unida. Pero Debra no era familia. Y él sospe-

chaba que su motivo para ir a verlo no era del todo de-
sinteresado.

—En cualquier caso –dijo mientras se servía una taza
de café–. ¿No deberías estar en el colegio?

—Estoy en la universidad, Jack –parecía indignada–.
Y estamos en las vacaciones de verano. Como si no lo
supieras...

—¿Y qué? –preguntó él–. ¿Estás al principio de tu viaje
por Europa?

—¡No! –Debra lo miró con impaciencia–. Te acabo
de decir que he venido para cuidar de ti. Estoy segura
de que no te estás cuidando como debes.

Jack bebió un trago de café.

—No puedes quedarte aquí, Debs –dijo él, tratando
de parecer razonable.

No quería que lo acusaran de aprovecharse de una
jovencita. Ya tenía bastante cargo de conciencia tal y
como estaba.

Debra parecía sorprendida.

—¿Por qué no puedo quedarme? –exclamó–. Necesitas a alguien, Jack. Alguien que te conozca y que cuide
de ti.

—No. No lo necesito. Sería diferente si fuéramos pa-
rientes, pero no lo somos. ¿Y puedes imaginarte lo que
diría la gente cuando se enterara de que estoy viviendo
con una joven atractiva como tú?

—¿Crees que soy atractiva, Jack?

Jack resopló con resignación.

—Claro que creo que eres atractiva –al ver que se
acercaba a él, levantó la mano para detenerla–. Eres la
hermana de Lisa, Debs. Lo siento. Nunca serás nada
más que eso para mí.

—¿Cómo lo sabes?

—Lo sé.

–¿Y desde cuándo te importa lo que la gente piense de ti? –insistió, tratando de acercarse de nuevo–. Lisa decía que nunca hacías caso de los rumores.

–Yo no...

–Entonces...

–Hay otra gente que sí. Vamos, Debs. No es el fin del mundo. No puedo creer que hayas venido hasta aquí solo para decirme que te importo.

–¿Por qué no?

–Porque... bueno, porque eres demasiado joven. ¿Y qué hay de ese muchacho con el que salías en Kilpheny? ¿Cómo se llamaba? ¿Brendan?

–Brendan Foyle –dijo Debra–. Tal y como has dicho, solo es un muchacho. ¡No me interesan los muchachos!

De pronto, Jack se sintió muy viejo.

Estaba cansado y lo último que necesitaba era pelear con una adolescente. Debra debía de tener diecinueve o veinte años.

–Creo que mañana por la mañana debería llamar a tu madre y decirle que vas de regreso –declaró al fin.

–Mi madre no sabe que estoy aquí –replicó ella horrorizada–. Ni mi padre tampoco. Les dije que iba a quedarme con tus padres. Dentro de unos días iba a decirles dónde estaba en realidad.

–Bueno, ahora no tendrás que hacerlo –dijo Jack–. Si tomas un vuelo a Dublín por la mañana, no hará falta que se enteren de dónde has estado. Y estoy seguro de que mis padres estarán muy contentos de verte. Y Maeve también. Me atrevo a decir que se alegrará de tener una niñera.

–No te importo nada, ¿verdad? Soy una molestia para ti. Bueno, iba a decirte algo que quizá te hiciera sentir mejor, pero ahora creo que no te lo voy a decir.

Jack negó con la cabeza.

–Dudo de si algo de lo que tú puedas decirme podría hacerme sentir mejor –dijo con amargura.

–Era sobre Lisa.

–¿Qué pasa con Lisa? Si tiene algo que ver con el accidente, preferiría no tener otra versión...

–Ella no estaba sola –dijo Debra de forma impulsiva.

Jack solo pudo mirarla desconcertado.

–¿Qué quieres decir? Por supuesto que estaba sola. Solo encontraron restos de una persona en las cenizas. ¿No crees que me lo habrían contado si hubiera habido otra víctima? Por favor, Debra, tu hermana ha muerto.

–No estaba sola –insistió Debra–. Puedes recriminarme lo que quieras, pero no estoy mintiendo –se humedeció los labios–. El hombre con el que estaba salió despedido. Igual que la sandalia que encontraron, y que era de Lisa –Debra respiró hondo–. Lisa tenía una aventura, Jack. Y pensé que te merecías saber la verdad.

Capítulo 12

UNA semana más tarde, Grace recibió una llamada de Sean.

Habían pasado cinco semanas desde que lo había visto por última vez. Cinco semanas desde que él regresó a Londres, supuestamente para montar la página web en la que había invertido Jack Connolly.

Grace no tenía prisa por saber nada de él, a menos que fuera para informarla de que había conseguido recuperar el dinero de sus padres.

Tampoco había sabido nada de Jack durante la semana anterior. Y no se sorprendía por ello. Además, el sentido común le decía que desarrollar sentimientos por un hombre que todavía lloraba la muerte de su esposa era ridículo.

Y, si pensaba que él estaba interesado en ella, se estaría engañando. Si él hubiese tenido respeto alguno por sus sentimientos, no la habría seducido mientras creyera que todavía estaba saliendo con Sean.

Claro que, ¿le había dejado ella alguna elección?

Había estado tentada a contarle la realidad de su relación con Sean. De admitir que el hombre era un egoísta y un egocéntrico, y que le había mentido acerca de todo lo que ella había pensado de él.

Le hubiera gustado contarle a Jack todo lo que sabía acerca de sus viajes de negocios y que había descubierto por casualidad que en el último viaje que Sean había hecho a Las Vegas no había ido solo.

Grace había sido demasiado estúpida o ingenua. Y hasta que no lo encontró en la cama con una de sus amigas no se dio cuenta de que él la había estado utilizando, igual que utilizaba a todo el mundo.

Fue entonces cuando ella le dijo que iba a regresar a Rothburn. No podía seguir viviendo con un hombre que no la respetaba. Él le pidió que lo perdonara, y, cuando ella le dijo que no, la amenazó con contarles a sus padres que estaba arruinado.

La noticia la destrozó. Ella había pensado que estaba intentando que su negocio despegara, y cuando se enteró de que se había gastado el dinero de sus padres y el de ella fue devastador.

Grace no podía explicar por qué no había roto con Sean, pero no lo había hecho. Y con su madre recuperándose del cáncer, no podía arriesgarse a que Tom Spencer se enterara de lo que había pasado.

Hacía poco tiempo que su padre le había preguntado cuándo pensaba ella que Sean comenzaría a ganar dinero con lo que él había invertido, y Grace tuvo que morderse la lengua y decir que no lo sabía.

No, aunque algunas noches lloraba hasta quedarse dormida, decidió que era mejor no complicarse y no contarle nada a Jack.

Era temprano por la noche cuando sonó el teléfono del bar y su padre contestó.

–Es Sean –le dijo–. Dice que no te localiza en el móvil y le he dicho que es posible que te lo hayas dejado arriba. Vamos. Pregúntale cuándo va a venir a vernos.

«Pronto no», pensó ella. Podía imaginarse que había pasado las últimas cinco semanas gastándose el dinero de Jack. ¿Ya no le quedaba nada? ¿Por eso la llamaba? Si al menos pudiera sacarlo de su vida para siempre...

–¿Qué quiere? –preguntó ella.

Su padre la miró escandalizado.

–No se lo he preguntado. Es contigo con quien quiere hablar. No conmigo.

–Bueno, yo no quiero hablar con él –murmuró, pero su padre la oyó.

–No hablas en serio –dijo él–. Además, puede que tenga buenas noticias sobre su página web.

Como siempre, su padre se creía todo lo que Sean le decía.

–En cualquier caso... espero que tu actitud hacia Sean no tenga nada que ver con ese hombre, Connolly –resopló–. No está interesado en ti, Grace. Aparte de que acaba de perder a su esposa, con la cantidad de dinero que tiene no se quedará por aquí mucho tiempo. Esto es demasiado rural para él.

–¡Vaya! ¡Gracias!

Grace se sentía dolida por el hecho de que su padre considerara que no tuviera suficiente atractivo como para atraer a un hombre como Jack.

Se preguntaba qué le diría si le contara que ya había mantenido relaciones sexuales con Jack. Le demostraría que no era la chica de pueblo inocente que él pensaba.

Por desgracia, también demostraría que no había aprendido nada de su relación con Sean.

–Ya sabes lo que quiero decir –le dijo su padre–. No quiero que te hagan daño.

–¿No crees que Sean me haya hecho daño, ¿verdad? ¿Y si te digo que ya me lo ha hecho? ¿Cómo te sentirías?

–Diría que ha sido un malentendido –replicó su padre, volviéndose aliviado al ver que llegaba un cliente–.

En cualquier caso, ve a hablar con él. Le he dicho que estás aquí, así que no puedo mentirle ahora, ¿no crees?

–Podrías –murmuró Grace–. Aunque no lo harás.

–¿Eres tú, cariño? –preguntó Sean.

–¿Qué quieres, Sean? Pensé que ya nos habíamos dicho todo lo que había que decir la última vez que estuviste aquí.

–No seas así, Grace. Vamos, cariño. ¿No me has echado de menos ni un poquito?

–No. ¿Por qué no me dices qué quieres? No has llamado para preguntar si estoy bien de salud.

–No, claro –Sean se quedó en silencio un instante y luego dijo–: Tengo al asesor de Jack pisándome los talones. Quiere saber por qué todavía no he mandado una copia del contrato.

Grace suspiró.

–Deberías haberte imaginado que Jack Connolly no sería tan fácil de engañar como mi padre.

–Grace, Grace. Sabes que estoy haciendo esto tanto por ti como por mí, y...

–¡No!

–Bueno, pues por tus padres. Necesito tu ayuda, cariño. No me decepciones.

–No puedo ayudarte, Sean. No tengo dinero. Y si crees que le voy a pedir a mi padre que pida una segunda hipoteca...

–No, no. Sé que tus padres no tienen dinero. Creía que los pubs eran minas de oro, pero es evidente que estaba equivocado. Quiero que vayas a ver a Jack. Que le digas que estoy haciendo todo lo posible por avanzar. Necesito que le expliques que estas cosas llevan su tiempo.

–No puedo hacerlo.

–Sí puedes. Sé que le gustas. Eres la persona que puede mantenerlo contento.

Grace estaba horrorizada. ¿Qué esperaba Sean que hiciera?

–Le resultas atractiva –continuó–. Eres una chica lista, Grace. Y no es como si te estuviera pidiendo que te acostaras con él o algo así.

«Qué lástima», pensó Grace. «Ya lo he hecho».

–Solo quiero que seas simpática con él –continuó Sean–. ¿O prefieres que me lleve a juicio?

–¿A juicio?

–No estoy diciendo que vaya a hacerlo, pero su asesor financiero quiere que todo sea legal –resopló–. Yo no hago los negocios así. Además, creía que Jack era un amigo.

–¿Y por qué no haces lo que te pide y redactas un contrato? ¿No tenías un amigo abogado?

–¿Y sabes cuánto me costaría eso? –preguntó Sean enojado–. Está bien, si no quieres ayudarme, buscaré otra opción. Eso sí, dudo de que tus padres se alegren cuando descubran que tuviste la oportunidad de salvar mi página web y te negaste a hacerlo.

–Sean...

Él ya había cortado la llamada, y Grace colgó el auricular con la mano temblorosa.

Sin decirle a su padre dónde iba, subió corriendo las escaleras hasta su habitación. Cerró la puerta, se sentó en el tocador y se miró en el espejo.

Tenía los ojos llenos de lágrimas. No lloraba por Sean, sino por sí misma. Se secó las mejillas, se dio la vuelta y buscó el teléfono móvil.

Estaba junto a la cama, en la mesilla. Lo agarró y llamó a Sean antes de que pudiera cambiar de opinión. Iría a ver a Jack. Por muy doloroso que fuera, no podía hacer otra cosa.

Cuando una mujer contestó el teléfono, ella se sorprendió.

—Sí —dijo la mujer—. Ha llamado al teléfono de Sean Nesbitt. ¿Quién es?

—Como si no lo supieras —dijo Grace.

Era Natalie West. La chica que decía que era su amiga y que se había acostado con Sean. Al parecer, Sean seguía liado con ella.

Grace oyó unos murmullos y luego la voz de Sean.

—Perdona —le dijo—, tengo a unos amigos en casa y han contestado el teléfono.

—Era Natalie. He reconocido su voz, y estoy segura de que ella ha reconocido la mía. Ojalá no te hubiera llamado. No cambiarás nunca.

—¡Grace! No puedes culparme por salir con otra mujer cuando tú ni siquiera dejas que me acerque a ti.

—Olvídalo —dijo ella—. Solo te he llamado para decirte que iré a ver a Jack. Hablaré con él, pero no te prometo nada, Sean.

Colgó rápidamente para no oír sus agradecimientos.

¿Por qué había aceptado hablar con Jack? ¿Solo porque tenía miedo de lo que Sean pudiera hacer? ¿O también porque estaba desesperada por demostrar que Jack no le importaba?

Se cambió de ropa, y decidió salir a correr. Necesitaba aire fresco, así que se hizo una coleta y salió de la habitación.

Jack estaba amarrando la popa al pantalán cuando vio a una chica esbelta corriendo por el muelle.

Era Grace. La habría reconocido en cualquier sitio, y con solo verla desde la distancia, su cuerpo reaccionó.

«¡Maldita sea!».

No deseaba reaccionar así al verla.

Solo porque tuviera los senos redondeados y esos pezones turgentes y suaves contra sus manos, los muslos esbeltos y un trasero que encajaba perfectamente en sus manos, no significaba que fuera única.

Jack había pensado que Lisa era única, pero Debra le había destrozado esa imagen.

Jack había llamado a su madre para ver si el comentario de Debra era verdad. Y aunque Siobhan Connolly había hecho todo lo posible para convencerlo de que no debería tomarse en serio nada de lo que Debra le dijera, había algo en su voz que indicaba que sabía más de lo que parecía.

Por fortuna, ya no amaba a Lisa. ¿Sería por eso por lo que a sus padres no parecía importarles que se hubiera marchado de Kilpheny? Si seguía en el pueblo, existía la posibilidad de que alguien le contara algo que no debía.

Sin embargo, se había fijado en que su esposa había estado muy ausente desde que Debra había regresado a Irlanda. ¿Era por eso por lo que había estado apareciendo? ¿Estaba esperando a que él descubriera la verdad? En los últimos días, había llegado a la conclusión de que no le importaba.

–¡Grace! –exclamó mientras subía al muelle. No pudo evitarlo.

¡Y qué diablos! Sean brillaba por su ausencia y no había vuelto desde que recibió la transferencia en su cuenta. Y después de lo que Jack había averiguado gracias a sus expertos en seguridad, no le debía ningún favor a ese hombre.

Grace se detuvo un instante y después continuó corriendo.

Jack pestañeó asombrado, pero decidió salir corriendo tras ella.

–Oye –le dijo, agarrándola del brazo–. ¿No me merezco un saludo o algo?

Al verlo, Grace sintió un fuerte cosquilleo en el estómago.

–No lo sé –contestó ella–. ¿Te lo mereces?

–¿Por qué te has marchado corriendo?

Grace negó con la cabeza. Notaba que los pezones se le ponían turgentes contra el sujetador.

–Por si no te has dado cuenta, estoy corriendo –dijo ella–. No puedo quedarme a charlar. Me estoy quedando fría.

–Pues deja que te enseñe mi barco –repuso Jack, arrepintiéndose enseguida de sus palabras. ¿Se había vuelto loco? Si entraba con ella en el *Osprey,* no sería responsable de sus actos.

–Me temo que no.

Ella lo había rechazado, y Jack sabía que debería dejarlo ahí.

–¿Tienes miedo? –preguntó él.

–Por supuesto que no –Grace levantó la cabeza–. Solo que no quiero que te molestes por mí

–No es ninguna molestia –dijo Jack–. Pensaba que podía interesarte.

–Creo que será mejor que continúe corriendo.

–¿Por qué? A pesar de lo que dijiste esa noche, tengo la sensación de que estás resentida conmigo por haberme aprovechado de ti –hizo una mueca–. Créeme, no puedes estar más arrepentida que yo por lo que sucedió.

–Lo siento –dijo ella.

–No lo sientas. Estas cosas pasan. Eres una mujer bella, Grace. Te deseaba, pero creo que eso no hace falta decirlo.

–Supongo que eso se lo habrás dicho a montones de mujeres.

–No a tantas como crees –contestó él–. Vamos, Grace. ¿No podemos ser amigos? Siempre podríamos hablar de Sean. ¿Cómo está tu novio? ¿Te ha contado cómo se está gastando mi dinero?

Jack no pudo evitar darle ese golpe bajo. Intentaba ser amable con ella y tener autocontrol.

–No –contestó ella–, aunque supongo que lo ha invertido en empezar la página web.

Una vez más, Jack estuvo tentado de hablar, pero no podía decirle que parte del dinero había sido destinado a pagar unas deudas que probablemente Sean no le había contado que tenía. Por ejemplo, en hoteles donde había reservado habitaciones dobles.

–¿Sean se ha puesto en contacto contigo? –preguntó Grace.

–No sé nada de él –contestó Jack–. Mira, olvida lo que he dicho. Sigue y disfruta de la carrera –se volvió hacia el pantalán–. Tengo que terminar un par de cosas antes de irme a casa.

Grace se mordió el labio inferior.

–Quizá, después de todo, me gustaría ver tu barco. ¿Puedo cambiar de opinión?

Jack cerró los puños. ¿Qué podía decir? Había sido él quien la había invitado.

–Claro –contestó, preguntándose por qué habría cambiado de opinión

–De acuerdo.

–Puedes pasar por ahí –señaló una escalerilla de hierro–. ¿O prefieres dar la vuelta hasta los escalones?

–Creo que puedo –murmuró ella, y pasó por la escalerilla.

–Ven por aquí –dijo él.

Grace esperaba encontrarse un yate de lujo y cuando vio que el *Osprey* era un velero de dos palos exclamó:

–¡Oh!

–¿Te gusta?

–Me encanta. No me imaginaba una cosa así.

–No voy a preguntarte qué esperabas –murmuró él, antes de saltar a cubierta–. Dame la mano.

Grace le dio la mano y, al instante, notó una corriente eléctrica por el brazo. En cuanto apoyó un pie en cubierta, retiró la mano.

Parecía que Jack iba a decir algo. Se le había oscurecido la mirada y ella no pudo evitar que se le acelerara el corazón.

En ese momento, la llegada de otro barco al puerto provocó que el *Osprey* se balanceara.

Grace trató de agarrarse y buscó una barandilla. Al no encontrarla, se acuclilló en el suelo de la cubierta y soltó una risita.

–Parece que todavía no has encontrado tus piernas para navegar –dijo él con una amplia sonrisa–. Tendremos que hacer algo al respecto.

Grace no quería volver a tocarlo, pero no le quedó más remedio. Él la sujetó de la mano para ayudarla a levantarse.

–Gracias –dijo ella. Entonces, antes de que él pudiera decir nada más, preguntó–: ¿Vas a enseñarme el barco?

Capítulo 13

JACK respiró hondo. Trataba de convencerse de que no tenía intención de besarla. ¿A quién trataba de engañar?

Desde el momento que le había dado la mano para subir a bordo, había tenido que librar una batalla consigo mismo. La deseaba.

Se volvió e hizo un gesto para abarcar el barco.

–Pues esto es todo. Mi casa lejos de casa. ¿Qué te parece?

–No es tan grande como esperaba –admitió Grace.

–Es lo bastante grande para mí –contestó Jack, y se metió las manos en los bolsillos–. Está la cabina, un camarote principal, el camarote de invitados y la galera. Aunque reconozco que no cocino mucho a bordo.

Grace sonrió y él pensó en lo atractiva que era.

–¿Sabes cocinar? –preguntó ella.

Jack hizo una mueca.

–Hago una tortilla pésima –dijo él– Y alguna vez he conseguido preparar una salsa boloñesa.

–Estoy impresionada –comentó Grace.

–Ya es algo –murmuró él.

–No soy tan difícil de complacer –le aseguró ella, y se abrazó al sentir la brisa del mar–. ¿Podemos bajar?

–Por supuesto –dijo Jack, pensando que debía de tener frío de verdad–. Ten cuidado.

Una escalera empinada bajaba hasta la cabina. Jack

encendió las luces y Grace se quedó asombrada. En los lados había unos bancos llenos de cojines de colores, y en el suelo una gruesa alfombra de color beige.

–Pasa –dijo Jack.

En el interior de la cabina, Grace percibió el aroma masculino de su cuerpo. Tratando de concentrarse en lo que había alrededor vio que la galera estaba al otro lado de la cabina. Una barra de bar separaba las dos zonas.

–¡Es impresionante!

–Es práctico –dijo Jack–. ¿Tu padre tiene barco?

–No.

Grace se preguntaba qué diría Jack si le contara que su padre hacía grandes esfuerzos para llegar a fin de mes.

–¿Y a ti te gusta navegar?

–Antes pensaba que sí –confesó ella–, pero mi padre me sacó en un barco de pesca cuando era pequeña y, después de pasarme todo el viaje vomitando, perdí el entusiasmo.

–Ya me imagino –Jack se rio–. ¿Te apetece algo de beber? –se dirigió a la galera y abrió la nevera–. Tengo zumo de naranja, refresco de cola o cerveza.

–Umm... Nada, gracias –contestó ella–. Por cierto, tengo que contarte que Sean llamó antes.

–¿Ah, sí?

Jack cerró la nevera con fuerza. Habría deseado que ella se lo hubiera contado antes de invitarla a pasar al barco. No quería hablar de Sean Nesbitt allí.

–¿Así que tenías previsto venir a verme?

–No. No exactamente. Me ha dicho que un asesor tuyo se ha puesto en contacto con él, y que está preocupado porque montar la página web le está costando más tiempo de lo que esperaba.

Jack tragó saliva. No tenía sentido culpar a Grace

por la manera de comportarse de Sean. Lo que le molestaba era que pareciera que ella no era consciente de su hipocresía.

O a lo mejor sí. Él deseaba contarle cómo era su novio en realidad, pero no podía hacerlo. Y menos cuando sus motivos eran de todo menos imparciales.

–No creo que debas preocuparte por Sean –dijo él–. ¿Te dijo cuándo volvería?

Jack la miraba fijamente y Grace se abrazó de nuevo.

–No –admitió–. ¿Querías verlo?

–No especialmente –contestó Jack–. ¿Por qué no te sientas?

Grace se humedeció los labios, preguntándose si él sabría lo sugerente que había sido su pregunta.

–Debo irme –murmuró ella–. No he terminado de correr.

–De acuerdo.

Jack se acercó a la puerta. Si ella quería marcharse, él no iba a impedírselo. Ella lo miró y se humedeció los labios de nuevo.

–Maldita sea, Grace –murmuró él, acercándose a ella–. Esto no debía suceder. No te invité a bordo para esto –la abrazó.

–¿Ah, no?

Jack la besó en los labios y después introdujo la lengua en su boca. Al sentir que ella lo besaba también y que se estrechaba contra su cuerpo, un fuerte deseo lo invadió por dentro.

Tenían las piernas entrelazadas y él notó que ella estaba temblando. Deseaba tumbarla en la alfombra y quitarle la poca ropa que llevaba. No obstante, una pequeña parte de su cerebro todavía funcionaba y le recordó que volver a acostarse con ella sería un error.

No quería dejarla marchar, pero tenía que hacerlo.

Solo esperaba que ella no bajara la vista y viera el bulto que tenía en la entrepierna.

–Creo que será mejor que lo dejemos –dijo él–. Por mucho que te desee, y pienses lo que pienses, no soy un bastardo.

–Jack...

–Dijiste que te marchabas –la interrumpió él–. Si quieres terminar tu carrera, se está haciendo tarde. No me gusta la idea de que vayas sola por ahí.

–¿Te preocupa?

–Por supuesto que me preocupa –murmuró–. Vamos.

Grace metió las manos bajo los brazos.

–Gracias por enseñarme el barco.

–Ha sido un placer –dijo él, y dio un paso atrás para dejarla salir de la cabina.

–Hay un... ¿hay un baño aquí? Tengo las manos pegajosas y me gustaría lavármelas.

–Eh, no tienes que darme ninguna explicación –dijo Jack.

La llevó hasta el camarote doble, donde la cama estaba cubierta con una colcha de seda y resultaba demasiado tentadora.

–El baño está aquí –dijo él, señalando una puerta.

Cuando ella cerró la puerta del baño, Jack salió del camarote y se dirigió a la cubierta.

Al cabo de cinco minutos, Grace todavía no había salido, así que Jack entró de nuevo en la cabina.

–¡Jack!

La voz de Grace provenía del baño.

–¿Sí? –se acercó hasta la puerta–. ¿Estás bien?

–¿Crees que te llamaría a gritos si lo estuviera? No consigo abrir la puerta.

Jack contuvo una risita.

–¿Has probado a levantar el cerrojo?

–¿Qué cerrojo? –Grace parecía confusa–. No he cerrado ningún cerrojo.

–No, pero me temo que se ha cerrado de todos modos –dijo Jack–. A veces pasa. Si levantas esa pieza redonda y corres la puerta...

La puerta se abrió antes de que él terminara de hablar. Grace lo miró sonrojada. Él comenzó a reírse.

Grace lo miró dolida y enfadada e intentó pasar a su lado para salir de allí.

–Eh... –dijo Jack–. Lo siento, pero nunca le había pasado a nadie.

–¿Y te parece divertido?

–Está bien. Lo siento, cielo...

–¡No me llames cielo! –exclamó ella, y apoyó las manos en su torso para empujarlo.

–No quería disgustarte –aseguró él–. Vamos, Grace, sabes que solo estaba bromeando.

–¿Lo sé?

–Claro que lo sabes –dijo él, y la abrazó.

–¡Jack!

Al oír su nombre, Jack la besó y ella no se resistió. Al cabo de unos segundos, un fuerte deseo se había apoderado de ambos. Ella notó que se le humedecía la entrepierna. Deslizó las manos por la espalda de Jack y le acarició la cintura. Deseaba meter las manos bajo la tela de su pantalón y acariciarle el trasero, pero no estaba segura de cómo reaccionaría él.

Cuando Jack la sujetó por el trasero y la levantó contra su miembro erecto, ella separó las piernas.

Anhelaba sentirlo mucho más cerca. Piel contra piel. Lo deseaba. Solo se había sentido tan viva una vez en su vida, esa mañana en la playa de Culworth.

Desde luego, no podía seguir fingiendo que todo aquello lo estaba haciendo por Sean.

¡Era lo que ella deseaba hacer! Y como una adicta, nunca se saciaría de hacer el amor con él.

Se arqueó contra su cuerpo para mostrarle lo vulnerable que era a su lado. Él le retiró el top deportivo que llevaba y le besó uno de los senos. Después, le mordisqueó el pezón con suavidad y ella comenzó a temblar.

Estaba más excitada que nunca.

–Jack –dijo, agarrándose a la cinturilla de sus pantalones porque le temblaban las piernas–. Por favor, Jack...

Entonces, el barco se movió cuando alguien subió a bordo.

Grace se quedó paralizada.

Jack le recolocó el top. Todavía tenía los pezones húmedos a causa de sus besos.

–Quédate aquí –dijo él y salió de la cabina.

Grace aprovechó para mirarse en el espejo. Tenía el cabello alborotado y los labios colorados e hinchados.

Bueno, había estado corriendo. Nadie tenía por qué sospechar lo que había sucedido.

¿A quién trataba de engañar? Parecía que acababa de salir de la cama.

Se preguntaba quién habría subido a bordo sin pedir permiso. Podría ser cualquiera. Ella no conocía a los amigos de Jack.

Entonces, cuando oyó la voz de su padre se quedó paralizada otra vez.

–Señor Connolly –lo saludó su padre.

Jack lo saludó también.

–¿Puedo ayudarlo en algo? –preguntó Jack.

–Quizá –contestó Tom Spencer–. Me preguntaba si... ¿Ha visto a mi hija?

—¿Grace?

—Sí, a Grace —contestó con impaciencia—. Jim Wales, el director del puerto, ha dicho que lo vio hablando con ella.

—Ah, sí...

Grace no sabía si Jack iba a mentir o qué. Resignada, salió a la cubierta y se presentó ante los dos hombres.

—Estoy aquí, papá —dijo ella, antes de que Jack pudiera contestarle—. ¿Qué quieres?

—Tu madre está preocupada por ti. ¿Sabes qué hora es? —preguntó muy serio.

—Las nueve y media —dijo ella, mirando el reloj—. No sabía que tenía que cumplir un horario.

—¡Grace! Es lo bastante tarde como para que una jovencita vaya por ahí sola. Y más cuando está medio desnuda.

—He salido a correr, papá.

—¿Ah, sí? —Tom Spencer miró a Jack—. Pues parece que el señor Connolly te ha pillado. ¿O ibais a fingir que no estabas aquí?

—He invitado a Grace a ver el barco. Suponía que era lo bastante mayor para tomar sus propias decisiones.

Tom apretó los labios.

—Por supuesto que es lo bastante mayor —contestó—. Me pregunto si eso era todo lo que tenías en mente.

—Papá...

—Siento haber disgustado a su esposa por haber invitado a Grace a bordo. Por favor, pídale disculpas de mi parte.

—Lo haré, por supuesto —dijo Tom—. También me preguntaba si su otra visitante femenina se habría marchado ya.

—¿Mi otra visitante? No sé de qué...

—La mujer que George Lewis recogió en el aeropuerto. Creo que le dijo que iba a quedarse con usted unas semanas.

Jack se contuvo para no maldecir.

Grace estaba asombrada por aquella conversación, y Jack deseaba pegar a aquel hombre por haberle estropeado la mejor noche de su vida.

–Sí. Se ha marchado. Debra Carrick, la joven de la que habla, es mi cuñada.

–¿Su cuñada?

Grace miró a Jack.

–Ya sabías que el señor Connolly había estado casado, Grace –le dijo su padre–. Estoy seguro de que Sean te lo mencionó –Tom Spencer hizo una pausa–. Me alegra saber que hay gente que se preocupa por usted, señor Connolly. Gente con la que pueda compartir el dolor de haber perdido a su esposa.

Capítulo 14

JACK estaba de muy mal humor cuando regresó a su casa.

No se podía creer lo que había sucedido, ni las ganas que había sentido de pegarle un puñetazo al padre de Grace.

El hombre se había comportado como si Grace fuera Caperucita y él el Lobo Feroz. Spencer no sabía nada de él, y el comentario sobre Lisa había sido un golpe bajo.

Por supuesto, Grace se marchó con su padre. A pesar de lo que Jack había dicho, era posible que tuviera sospechas acerca de Debra. ¿Y quién podía culparla?

Además, seguía siendo la novia de Sean. Algo que su padre también se había ocupado de resaltar.

Jack nunca había ido detrás de la mujer de otro hombre. Debería sentirse avergonzado, y no estar buscando motivos para culpar a su padre.

Sin embargo, había algo acerca de Grace que provocaba que él actuara de una manera inhabitual. Sentía una mezcla de ternura y deseo hacia ella, unos sentimientos que retaban a cualquier tipo de explicación que pudiera ofrecerse.

Y estaba casi seguro de que esa noche ella había sentido la misma conexión que él, una conexión que el padre de Grace había intentado destruir.

Nada más entrar en la cocina, encendió la luz y se encontró a Lisa sentada en la barra.

Después de lo sucedido, no estaba de humor para hablar con ella.

—¿Qué ocurre? ¿Alguien te ha aguado la fiesta? –preguntó ella.

—¿Aparte de ti? –le espetó Jack–. Ah, sí, tu hermana me contó tus secretos. Ya entiendo por qué nunca me hablas del accidente.

—Ya te lo he dicho antes, Debs está enamorada de ti. Diría cualquier cosa con tal de que le hagas caso.

Jack estaba preparando la cafetera, pero se volvió hacia ella.

—Entonces, ¿no es cierto? ¿No tenías una aventura?

Lisa suspiró.

—Estaba enamorada de ti, Jack. ¿Lo recuerdas? Hacíamos buena pareja, ¿no? ¿Por qué iba a necesitar a otra persona?

—Tú sabrás –dijo Jack, aunque en realidad ya no le importaba.

—Fui una buena esposa. La casa siempre estaba limpia.

—Sí, gracias a la señora Reilly –dijo Jack.

—Bueno, vale, pero eso no significa que te haya sido infiel. Y si ese es el motivo por el que estás así...

—No lo es.

—¿De veras? –Lisa parecía decepcionada–. Es esa chica, ¿no? La que vino aquí con Sean –soltó una risita–. ¡Qué ironía!

Jack frunció el ceño.

—¿Qué quieres decir?

Era demasiado tarde. Lisa se había desvanecido.

«Debo de estar volviéndome loco», pensó Jack, pero

mientras salía de la cocina con el café, le pareció oír el eco de la risa de Lisa.

El sábado por la noche, Grace tuvo que trabajar en el pub.

Había tratado de convencerse de que si Jack aparecía por allí, lo trataría como a cualquier otro cliente. Sin embargo, el bar estaba lleno, pero no había ni rastro de Jack. Como consecuencia, cuando se fue a la cama no se sentía muy contenta.

Había pasado una semana desde que había visto a Jack en el barco. Y aunque sabía que debía olvidarse de él, no lo conseguía.

No podía dejar de pensar en lo que había sucedido entre ellos, y en que si su padre no los hubiera interrumpido habría acabado acostándose con él otra vez. Debería alegrarse de que aquello no hubiera pasado, sin embargo, no era así.

Grace se quitó la ropa y se metió en la ducha, preguntándose cuándo iba a recuperar la normalidad en su vida.

Abrió el grifo del agua fría. Su cuerpo estaba ardiendo y, cuando se enjabonó los senos, notó lo excitada que estaba.

Sean nunca la había hecho sentirse así.

Después, no consiguió dormirse hasta el amanecer. Y como consecuencia, eran las once de la mañana cuando abrió los ojos.

Se incorporó en la cama, y vio que su madre entraba en la habitación.

–Ah, por fin te has despertado –le dijo su madre. Entró en la habitación y cerró la puerta–. Tienes visita. Sean está aquí.

–¿Sean?

Durante un momento, Grace pensó que sería Jack.

–Sí –dijo su madre, agachándose para recoger la ropa interior que Grace se había quitado la noche anterior. Al ver que era de encaje, añadió–: No sabía que llevabas esta ropa, Grace. No puede ser muy calentita.

–No se supone que deba serlo –dijo ella, recostándose de nuevo sobre la almohada.

–En cualquier caso, ya es hora de que te levantes –continuó su madre, metiendo la ropa sucia en una cesta–. No sueles levantarte tan tarde.

–No he dormido bien –dijo Grace–. ¿Cuándo ha llegado Sean?

–Hace quince minutos –contestó su madre–. Le diré que ya bajas. Sé que está impaciente por verte.

–Pero yo no estoy impaciente por verlo a él –murmuró Grace.

–¿Y por qué no?

–Es una larga historia, mamá. No es el hombre que vosotros creéis.

–Bueno, he de admitir que a mí no me hizo mucha gracia cuando convenció a tu padre para que invirtiera en su negocio –dijo su madre–, pero ya sabes cómo es tu padre. Y sé que espera que su negocio sea un éxito. Nos vendría bien un poco de dinero extra.

–Ay, mamá...

–No tardarás mucho, ¿no? –su madre se dirigió a la puerta–. Creo que Sean ha venido conduciendo desde Londres esta mañana y que piensa marcharse esta noche. Parece cansado, Grace. Quizá haya venido a darnos una buena noticia. No nos vendría mal, ¿verdad?

–¿Por qué? –Grace miró a su madre con nerviosismo– ¿No estarás...?

–¿Enferma otra vez? No. Sé que tu padre está preocupado por las finanzas del pub. Estaría bien que pudiera dejar de pagar la hipoteca.

–Oh, mamá... –Grace negó con la cabeza. Todo era culpa suya–. Me daré una ducha. No tardaré mucho.

–Muy bien. Iré a decírselo.

Grace se duchó y se secó el pelo con el secador. Cuando llegó abajo eran las doce pasadas.

Sean estaba tomándose una cerveza en el jardín y, al parecer, había entablado conversación con unas chicas que estaban en la mesa de al lado.

Nada más ver a Grace, se puso en pie.

–Hola, preciosa –le dijo.

Grace se sintió ridícula delante de las chicas. Se dirigió hacia él, pero se detuvo antes de que pudiera tocarla.

–Estás muy guapa –dijo él.

–¿A qué has venido? –preguntó ella–. ¿A pagar tus deudas?

–No seas así. Al menos, siéntate conmigo. Tómate algo.

Puesto que Grace no quería hacer una escena en el pub, se sentó a su mesa.

–No quiero nada –le dijo, y esperó a que Sean pidiera otra cerveza–. ¿Qué pasa? Tengo entendido que has estado en contacto con Jack.

–No –Sean frunció el ceño–. ¿Y por qué me colgaste el teléfono la otra noche? No me gusta cuando la gente me cuelga y apaga el teléfono.

–Mala suerte. ¿Qué pasa con la página web? ¿O se supone que no debo preguntártelo?

–Ya casi lo he conseguido –murmuró él.

–¿Haciendo qué, concretamente?

–No tengo por qué contestarte.

–¿No? ¿No crees que mis padres se merecen una explicación? Y tienes que contestar a Jack. Por lo que dijiste parece muy molesto.

–¿Has ido a verlo?

–Lo he visto. Me lo encontré cuando salí a correr el otro día. Él estaba trabajando en su barco y me vio por el puerto.

–¿Supongo que también habrás visto su barco? ¿Cómo es? Me imagino que un gran yate de motor.

–No es tan grande. Y es de vela.

–Claro. Jack ha buscado algo que necesita talento para poder manejarlo. Lisa siempre solía decir que él nunca escogía el camino fácil.

–¿Conocías a Lisa? Nunca lo mencionaste.

–Por supuesto que la conocía. Era una buena chica. Ella y yo nos echamos unas buenas risas juntos.

Grace no sabía por qué, pero las palabras de Sean la inquietaron. Había notado cierto tono de arrogancia en su voz cuando él se refirió a la esposa de Jack. Casi como si él supiera algo que Jack desconocía.

–En cualquier caso, ¿qué pasó cuando te vio Jack? ¿Qué te dijo?

–¿Qué esperabas que me dijera?

–¿Le contaste qué es lo que me preocupa?

–No soy una niña, Sean. Tengo la sensación de que no quiere hablar del tema conmigo.

–¿Y no intentaste persuadirlo un poco con tus armas de mujer?

–¡No! –ella se sonrojó.

Por suerte, Sean lo interpretó de otra manera.

–Debería haberlo sabido –murmuró–. Siempre fuiste muy fría. Estoy seguro de que ni siquiera un hombre como Jack, con todas las ventajas que tiene, conseguiría llevarte a la cama.

Grace estaba impresionada. Y dolida.

Hubiera querido decirle a Sean que estaba muy equivocado, pero no podía hacerlo.

–Piérdete, Sean –dijo ella–. Y no vuelvas hasta que no puedas devolverle a mi padre lo que le debes.

–Eh, yo no le debo nada –contestó Sean–. Él eligió invertir en la página web. Si no ha salido bien, no es mi problema.

–¡No hablas en serio!

–Claro que hablo en serio. La gente que invierte dinero en acciones, muchas veces lo pierde. No puede llorarme ahora porque su inversión no ha salido bien.

–¡Eres un canalla!

Grace se levantó de la mesa, furiosa. Sean se levantó también.

–Jack ha dicho algo, ¿verdad? Ha estado cotilleando acerca de dónde ha ido el dinero.

–Jack no ha dicho nada del dinero. Y, si te conoce tanto como yo, me sorprende que te haya hecho el préstamo.

–Estoy seguro de que lo ha hecho –Sean no la estaba escuchando–. Debería haberme imaginado que aprovecharía cualquier oportunidad para ningunearme. Lisa siempre decía...

Grace se quedó paralizada. ¿Qué diablos había estado a punto de decir Sean?

–Él no comprende cómo ha sido para mí –Sean trató de cambiar de tema, arrepintiéndose de sus palabras–. Nunca tuve dinero para malgastar.

Grace no se podía creer que ella hubiera contribuido a pagar sus deudas cuando él se quedó sin trabajo. Y todo para descubrir que ni siquiera era el propietario de la casa donde vivían, y que el dinero que le había dado para ayudarlo a pagar la hipoteca se lo había gastado.

Qué idiota había sido.

Después, ella perdió el trabajo debido a los recortes, justo después de pillar a Sean con Natalie. Había sido la excusa perfecta para marcharse. Y, si sus padres no le hubieran dejado el dinero, ella no habría vuelto a verlo.

–Mira, si quieres ver a Jack, te sugiero que vayas a verlo. Dile que tienes problemas. Puede que decida ayudarte.

–¿Tú crees? –Sean frunció el ceño–. Vendrás conmigo, ¿verdad?

–¡Bromeas!

–No, no bromeo –Sean la miró fijamente–. Si no quieres que entre en el pub y le cuente a tu padre que nunca recuperará el dinero, tendrás que hacer todo lo posible por mantenerme contento.

Capítulo 15

JACK estaba en el estudio de Lindisfarne House cuando oyó el timbre. Había estado estudiando los planos de las casas para intentar no pensar en Grace, pero no le quedaba más remedio que ir a ver quién era. La única persona a la que deseaba ver era a Grace, pero no creía que tuviera tanta suerte. De pronto, tuvo una mala sensación.

Era domingo. ¿Cómo podía haberse olvidado? Sean iba a ver a su novia los fines de semana. Teniendo en cuenta lo que Jack había descubierto acerca de Sean y de lo que había hecho con parte del dinero que él le había dejado, era posible que Sean hubiera decidido ser sincero con respecto a sus deudas.

¿Y si Grace estaba con él? Deseaba volver a verla, pero no con Sean.

Al abrir la puerta, vio que Sean ya estaba de regreso al coche. Sin embargo, Sean oyó que se abría la puerta y se volvió.

—Eh, Jack —le dijo—. Creía que no estabas en casa.

—Ya.

—¿Puedo pasar?

—Claro. ¿Por qué no? —Jack se retiró de la puerta—. ¿Grace no ha venido contigo hoy?

—No... —Sean se encogió de hombros—. Está en el pub ayudando a sus padres.

—¿No quería venir?

Jack no pudo evitar insistir.

–Supongo que no –Sean entró en el salón y se dejó caer en el sofá. Se quitó la chaqueta y dijo–: Mucho mejor. ¿Tienes aire acondicionado?

–No –contestó Jack cortante–. Supongo que tendrás noticias sobre la página web.

Sean se sonrojó.

–Va avanzando –dijo–. He tenido algunos problemas...

–¿Como cuáles?

–Sé que has estado investigándome.

–Creo que no es extraño que muestre interés en mis inversiones –contestó Jack–. No sería un buen hombre de negocios si entregara cien mil libras y no esperara algún beneficio.

–Cuando me diste el dinero te dije que te mantendría informado de lo que fuera sucediendo.

–Y no lo has hecho, ¿no?

–¿Qué quieres decir?

–Corrígeme si me equivoco, pero han pasado más de seis semanas desde que hablamos la última vez.

–Sí, pero he estado ocupado. Pregúntale a Grace, si no me crees. Es la primera vez que he venido a Rothburn desde ese fin de semana, así que no puedes acusarme de estar evitándote, ¿no?

Jack frunció el ceño.

–Pensaba que venías todos los fines de semana.

–¿Eso es lo que te ha dicho Grace? No le gusta cuando la rechazo.

Jack cerró los puños.

–No me ha dicho nada. No es asunto mío.

–No –admitió Sean–. No es fácil tratar de hacer dos trabajos a la vez. Si tuviera más tiempo, habría avanzado más.

–Has tenido seis semanas –comentó Jack.

–Trabajando a turnos y con un jefe canalla. Intenta inspirarte en esas circunstancias.

«Por no mencionar también tu viaje a Las Vegas», pensó Jack.

–En cualquier caso... –Sean lo miró–. Si lo que quieres es una disculpa, te la ofrezco. No he sido el socio más responsable, lo admito. Intentaré hacerlo mejor en el futuro.

–Bien –comentó Jack–. Dime, ¿has encontrado otros inversores?

–¿Otros inversores? ¿Por qué me lo preguntas?

–Es razonable que lo haga. Me pregunto con cuánto dinero contamos.

–¿Qué te ha dicho Grace?

–¿Grace? Grace no me ha dicho nada.

Sean entornó los ojos.

–Está bien –dijo–. No hay otros inversores. No es fácil encontrar a alguien que te deje dinero hoy en día –lo miró–. ¿Qué tal si me ofreces una cerveza, Jack? Esta noche regreso a Londres, y estoy sediento.

–¿No vas a quedarte?

–No. Tengo que regresar al trabajo a primera hora del lunes. Claro que, si fuera como tú, tendría más tiempo para trabajar en la página web. Ya lo he dicho antes y lo vuelvo a decir, debe de estar bien ser millonario.

Jack miró a Sean a los ojos. ¿Se disponía a pedirle más dinero? No podía ser cierto.

–Eh, quería preguntarte...

Jack había salido al recibidor para ir a buscar una cerveza, cuando Sean lo llamó de nuevo. Jack se preparó para la inevitable pregunta, pero no se la hicieron.

–Tengo entendido que la otra tarde viste a Grace, cuando ella salió a correr.

Jack se puso tenso.

–Sí, la vi.

–Creo que le enseñaste tu barco. Parece que ella y tú os lleváis muy bien.

Jack se encogió de hombros.

–Es simpática –le dijo.

–A mí no me importaría si quisieras salir con ella de vez en cuando –dijo Sean–. Ha perdido el contacto con casi todas sus amigas de aquí, y supongo que a ti te vendría bien un poco de compañía femenina.

Jack se quedó boquiabierto.

–¡No hablas en serio!

–¿Por qué no? No me mires así, Jack. Solo era una idea.

–Una mala idea –dijo Jack–. Iré a por tu cerveza.

–Eh, no seas tan puritano, Jack –Sean se levantó del sofá y salió tras él–. A ti te gusta, ¿no? Y no es como si nunca lo hubiéramos hecho.

Jack lo miró alucinado.

–No sé de qué diablos estás hablando –murmuró.

–Claro que lo sabes –contestó Sean–. Cuando estábamos en la universidad en Dublín, solíamos intercambiarnos las novias todo el rato.

–¿Ah, sí? No lo recuerdo.

Jack tenía la sensación de que Sean ocultaba algo más. ¿Aquello tenía que ver con Grace o con Lisa? Jack no estaba seguro.

Al ver que Sean regresaba al salón, se alegró. No creía que pudiera ser educado con él.

Lo mirara por donde lo mirara, le parecía que Sean estaba negociando con su novia. ¿Se suponía que Jack debía compensarlo económicamente por tener el privilegio de acostarse con Grace?

Él nunca podría tratar a Grace de esa manera.

Jack entró en la cocina y abrió la nevera para sacar una cerveza. Cuando regresó al salón, Sean estaba junto a la ventana.

–Una vista estupenda –dijo él, aceptando la cerveza que Jack le daba–. Eres afortunado, Jack, pero ya me lo has oído decir antes.

Jack frunció el ceño.

–Sí. En mi boda, ¿no? Me estabas felicitando por haber encontrado a Lisa, diciéndome que era afortunado.

Sean se encogió de hombros.

–Bueno, lo eras... Lo eres –rectificó, y se sentó de nuevo en el sofá–. No puedes negarlo, ¿no?

–¿Y tú? –sugirió Jack, apoyándose en el brazo de una butaca–. ¿Qué pasa con Grace?

–¿Grace? –Sean lo miró–. No sé de qué estás hablando.

–Bueno, es una mujer muy bella. Y se supone que te importa, ¿no? Yo diría que eso te hace afortunado.

–Sí, sí –resopló Sean–. ¿Dónde quieres llegar, Jack? Yo no he dicho otra cosa, ¿no?

–Me has ofrecido la posibilidad de acostarme con ella. ¡Madre mía! Yo nunca he ofrecido a una mujer a la que amaba a cambio de dinero.

–No tuviste que hacerlo.

Sean habló muy bajito, pero Jack lo oyó a pesar de todo.

–¿Qué has dicho? –le preguntó poniéndose en pie.

Sean bajó la cabeza.

–Nada. No he dicho nada –murmuró–. Olvídalo. Es evidente que no te gusta Grace. No me extraña, a veces puede ser muy fría.

–Quiero saber qué querías decir –insistió Jack, acercándose a él y obligándolo a ponerse en pie–. Vamos,

Sean. ¿Qué estabas diciendo? Esto no tiene que ver con Grace, ¿verdad? ¡Tiene que ver con Lisa!

—No sé a qué te refieres.

—Creo que sí lo sabes. Hablé con Debra hace poco y me hizo algunos comentarios interesantes.

—¡Debra! No te creas nada de lo que dice. Está enamorada de ti desde hace años. Diría cualquier cosa con tal de llamar tu atención.

—No creo —Jack lo miró a los ojos—. ¿Por qué no dices la verdad por una vez? ¿O es demasiado esperar?

Sean frunció el ceño.

—No me digas que nunca lo sospechaste.

—¿Sospechar el qué? ¿Estás diciendo que tenías una aventura con Lisa?

—Como si no lo supieras. Sí, me acostaba con ella, Jack. Montones de veces. Se aburría contigo. Solo hablabas de trabajo...

A Sean se le cortó la voz cuando Jack lo agarró del cuello.

—¿Sabes?, Debra me contó todo eso, pero yo no la creí. ¿Ibas con ella la noche en que murió?

Sean trató de tomar aire.

—Podría haber estado con ella —dijo casi sin voz—. ¿Y qué? Yo no provoqué el accidente.

—Te estaba llevando a casa, ¿verdad? —Jack descubrió que allí era donde iba Lisa. Ella le había prometido que esa noche no iba a salir, y por eso su muerte fue todavía más inesperada.

—Puede —Sean se quedó pensativo—. Estaba loca por mí, Jack. No puedes culparme por haber hecho lo que haría cualquier hombre.

Jack podía culparlo, y lo haría. Sentía ganas de darle una paliza, pero se contuvo.

—Debía de estar desesperada —dijo sin más.

Y lo más sorprendente era que en realidad no le importaba.

–También estaba loca –dijo Sean, después de recuperarse–. Conducía como una maniaca, ya sabes. ¡Creí que todo había acabado para mí cuando el camión cisterna dobló la esquina!

Jack iba a decirle que no le importaba si él había resultado herido en el accidente, cuando vio que Sean ponía cara de terror.

Estaba mirando más allá de donde se encontraba Jack, hacia la puerta del recibidor y, a juzgar por su cara de asombro, Jack sospechó que ya no estaban solos.

Pensó que Grace había decidido acompañarlos, pero no había oído la puerta. El recibidor estaba vacío, y no había motivo aparente para que Sean se mostrara tan aterrorizado.

Sean pestañeó varias veces y trató de decir algo, pero no lo consiguió.

–¿Qué diablos es eso? –preguntó nervioso–. ¿Cómo...? No, no puede ser –negó con la cabeza–. Ya sé. Estás intentando que me vuelva loco.

Entonces, Jack lo comprendió todo.

No hizo falta que oyera la voz de Lisa ni que la viera en la puerta. La reacción de Sean hacía que fuera evidente. Su difunta esposa había elegido aparecer delante de Sean también.

Y, aunque sabía que no debía hacerlo, no pudo evitar decir:

–¿De qué estás hablando, Sean? Por lo que a mí respecta, la conversación ha terminado. No quiero volverte a ver nunca más.

–Pero... Jack...

–Vete –le dijo. Y Jack se imaginó que Lisa no se lo

había puesto fácil al ver que Sean tropezaba con la mesa de café al intentar salir corriendo de la habitación.

Jack seguía de pie cuando Lisa comentó:

–Ahora sí que no me vas a perdonar nunca, ¿verdad?

Jack negó con la cabeza.

–Te perdoné hace mucho tiempo, Lisa –dijo con re-mordimiento–. Ahora solo espero que Grace lo comprenda.

Capítulo 16

G RACE había tenido un día especialmente cansado en la agencia y estaba deseando llegar a casa para darse un baño.

Al entrar, vio que sus padres estaban tomando el té en el salón y Tom le dijo que quería hablar con ella. Grace se fijó en que su madre estaba radiante.

–¿Te apetece un té, Grace? –le preguntó ella–. Tu padre acaba de prepararlo.

–No, gracias, mamá. ¿Te han dado el alta en el hospital?

–Todavía no –dijo su madre–. Espero que me la den pronto –miró a su marido–. Tenemos buenas noticias para ti.

–¿Os importa que suba a cambiarme primero? –preguntó ella–. Ha sido un día largo.

–Bueno, esto no llevará mucho tiempo –dijo la señora Spencer–. Tom, ¿por qué no se lo cuentas? Tengo la sensación de que Grace no se sentirá tan decepcionada como crees.

–¿Ocurre algo malo?

–En nuestra opinión, algo bueno –dijo su madre–. Tom, por favor, da gracias por no haber perdido todo ese dinero. Está bien, tampoco has ganado nada, pero a mí me parece una bendición.

–¿De qué dinero estáis hablando?

–Del que le presté a ese novio tuyo. Al parecer, ya

no va a seguir adelante con la página web –miró a su esposa–. He oído que se marcha a probar suerte a los Estados Unidos.

–¿Estás diciendo que has recuperado el dinero?

–Hasta el último centavo –dijo su madre–. Le he dicho a tu padre que creía que no ibas a quedarte destrozada.

–¿Destrozada?

–Bueno, estás enamorada de ese hombre, ¿no? ¿Por qué crees que le dejé el dinero?

–Entonces, ¿vas a poder pagar la hipoteca? –preguntó Grace. Cuando su madre asintió, añadió–: ¡Menos mal! Temía que nunca recuperaras el dinero.

–Yo también –confesó su madre–. Entonces, ¿no estás destrozada por el hecho de que Sean vaya a marcharse?

Jack entró en el Bay Horse un poco nervioso.

Había pasado una semana desde que Sean se había marchado y Jack estaba seguro de que no regresaría.

Necesitaba hablar con Grace y suponía que ella tal vez no querría recibirlo.

Nada más entrar, vio a Tom Spencer detrás de la barra.

–Hola –le dijo, dejando una chaqueta sobre la barra–. Sean se dejó esto en mi casa hace una semana. Quizá podría devolvérsela la próxima vez que venga.

Tom Spencer dejó el vaso que estaba secando y se cruzó de brazos.

–Nesbitt no volverá por aquí –le dijo–, pero puedo pedirle a Grace que se la envíe, si quiere.

–De acuerdo –dijo Jack–. Eso estaría bien. Gracias.

–¿Puedo ofrecerle algo de beber, señor Connolly? –le

preguntó Tom–. Siento que le debo una disculpa. La última vez que nos vimos no fui nada amable con usted.

Jack lo miró asombrado.

–Gracias. Me tomaré una cerveza.

Tom asintió y se la sirvió.

–¿Le importa que lo acompañe, señor Connolly? –dijo antes de servirse una cerveza.

–Por favor –contestó Jack, y bebió un trago.

–Grace no volverá a ver a Nesbitt –comentó Tom, después de beber un trago también–. ¿Lo sabía?

–No. No he visto a Sean desde que se marchó de mi casa, hace una semana.

–¿Y no le da pena que se hayan separado?

–No. ¿Y a usted?

–¿A mí? No. Hace tiempo que sé que no se podía confiar en él, pero pensaba que Grace lo amaba. Por eso actué así la noche del barco.

–Bueno... No sé qué decir.

–Podría decirme si me equivoco al pensar que quiere a Grace para usted –comentó Tom Spencer–. Si no es así, entonces solo puedo agradecerle lo que ha hecho por Susan y por mí.

–Perdone...

–No soy tonto, señor Connolly. Sé que me equivoqué al prestarle dinero a Sean, pero ya he pagado por mi error. Los meses pasados han sido duros para todos. El Bay Horse nos da para vivir, pero ya sabe que últimamente no se hace mucho negocio.

–Sigo sin saber...

–Estoy seguro de que usted le dejó el dinero a Sean para que nos lo devolviera –dijo el padre de Grace–. No se lo he dicho a nadie, pero lo oí mientras hablaba con Grace el último fin de semana. Le dijo que había perdido todo mi dinero, y que no iba a recuperarlo.

–Ya entiendo.

–Quería que ella lo acompañara a verlo, pero Grace se negó. Él le dijo que nos iba a contar lo que estaba pasando, pero, por una vez, ella no cedió ante sus amenazas. Él nunca volvió. Yo no podía comprenderlo, pero Grace dijo que tenía que regresar a Londres.

Jack asintió.

–¿Qué le dijo usted, señor Connolly? ¿Le dijo que sabía dónde se había gastado todo el dinero?

–No lo recuerdo –dijo Jack–, pero me alegro de que haya salido bien. No me habría gustado que perdieran este lugar.

–Ni a mí, señor Connolly, ni a mí –dudó un instante–. He de advertirle que no voy a permitir que nadie más haga daño a mi hija.

–¡Papá!

Grace pensaba que iba a morirse de vergüenza, pero su padre no había terminado todavía.

–No puedes negarlo, Grace. Te oímos llorar. Y he de decir que hemos estado muy preocupados.

Grace se agarró al marco de la puerta.

–Que llorara por las noches no tiene nada que ver con Jack.

–Lo sé, pero espero que no hayas estado llorando porque Nesbitt te haya dejado. Creía que eras más sensata que eso.

Grace no sabía dónde mirar. Sabía que Jack la estaba observando. Lo notaba.

–No me ha dejado. Has de saber que fui yo quien lo dejó hace unas semanas.

–¡Me alegro por ello!

Jack no pudo evitar su comentario.

Grace lo miró asombrada. ¿Qué estaba diciendo? ¿Habría ido a verla a ella?

–Sin duda te habrás dado cuenta de que me habría gustado saberlo.

–¿Por qué? Ni siquiera hemos hablado desde la noche en que me enseñaste el barco.

–Bueno, no estaba seguro de que quisieras que me pusiera en contacto contigo. Suponía que sabrías que me gustaría volver a verte.

Grace se encogió de hombros.

–No intentaste detenerme para que no me marchara con mi padre.

–Porque pensaba que todavía estabas saliendo con Sean –Jack suspiró–. Ya lo llevaba bastante mal, teniendo en cuenta lo que sentía.

–¿Y qué sentías?

–Voy a buscar un par de cajas al sótano –intervino su padre–. Si quiere quedarse a cenar, señor Connolly, es bienvenido.

En cuanto Tom se marchó, Jack dijo:

–Sabes lo que siento por ti. Maldita sea, Grace, no lo he guardado en secreto, ¿no?

–¿Crees que deberíamos terminar esta conversación en mi habitación?

–Creía que no me lo ibas a proponer.

Jack la siguió hasta su habitación. Una vez dentro, Jack cerró la puerta y abrazó a Grace.

–Mi amor –le dijo antes de besarla apasionadamente.

Grace se estremeció y gimió de placer. Él la miró a los ojos para confirmar que lo deseaba. Ella le acarició el mentón. No se podía creer que Jack estuviera allí, en su habitación. Estaba desesperada por volver a verlo.

Jack sabía que tenía que ir despacio, pero le resultaba difícil contenerse para no tumbarla en la cama. Ella se merecía saber lo que él sentía por ella. Y él quería oír qué sentía ella por él.

La había echado mucho de menos y todavía temía que ella perdonara a Sean y se casara con él.

Si la perdiera, sería mucho peor que cuando perdió a Lisa. Él había amado a su esposa, pero nunca había sentido por ella lo que sentía por Grace.

Dejó de besarla en la boca y la besó en el cuello. Tenía la piel suave y el aroma de su excitación era embriagador.

–¿Me deseas? –preguntó ella.

–Tenemos que hablar, Grace –le dijo, mientras le acariciaba el trasero–. Además, no sé si tu padre aprobaría que te hiciera el amor aquí.

–Bueno, antes estaba muy contento de que hubieras venido –murmuró ella–. Pensaba que estaba enfadado contigo, pero no lo estaba, ¿no?

–No –Jack sonrió–. Creo que tu padre y yo hemos llegado a un acuerdo. No es el ogro que parece.

Grace se puso de puntillas y abrazó a Jack.

–Mi padre había hipotecado el pub para ayudar a Sean. No quería contártelo antes para que no pensaras que lo que quería era que los ayudaras. Cuando vino Sean, me dijo que mi padre no iba a recuperar su dinero, que se lo había gastado. Y me amenazó con decírselo si yo no lo ayudaba.

–¿Ah, sí?

–Yo no cedí. Y lo creas o no, mi padre ha recuperado el dinero esta semana –ella suspiró–. No sabes cómo me alegré cuando me lo contaron. Sean ha debido de cambiar de opinión.

–Eso parece –dijo Jack.

Grace le rodeó la cintura con los brazos.

–Nunca me imaginé que diría tal cosa, pero le estoy agradecida a Sean.

–¿A Sean?

–Por dejarse la chaqueta en tu casa –le dijo Grace, soltándole la camisa de la cinturilla de los pantalones–. Hace calor. ¿No quieres quitarte la camisa?

–Grace... cariño, quiero estar seguro de que sabes lo que estás haciendo –se le aceleró el pulso al ver que ella metía la mano bajo su pantalón–. Supongo que Sean no te ha contado lo que sucedió cuando vino a verme.

–¿Cómo iba a hacerlo? No lo he visto desde la tarde que fue a tu casa.

–¿No regresó al pub?

–No. Quizá debería contarte que hace meses que dejé de salir con Sean –se sonrojó–. Descubrí que estaba saliendo con otra mujer a mis espaldas.

–Yo pensaba que...

–Sí, sé lo que pensabas –confesó Grace–, pero, si Sean se hubiera enterado de que yo estaba viendo a otra persona, mi padre nunca habría podido recuperar su dinero. Además, había prometido que no volvería a salir con nadie y tú eras una tentación muy fuerte.

–¡Bromeas!

–No.

–Cuando Sean vino a pedirme el préstamo, ¿no estabas enfadada conmigo?

–No. Lo siento. Debiste de pensar que era una zorra.

–No es la palabra que habría utilizado yo –comentó él. Jack negó con la cabeza.

–Aunque admito que sí me quitó el sueño pensar en cómo había tratado a Sean.

–Oh, Jack...

–Es cierto –la miró–. Me estaba enamorando de su novia. Incluso estaba pensando en vender Lindisfarne House y mudarme a otro sitio.

–Y yo que pensaba que solo era un entretenimiento para ti.

—Oh, no. Creo que nunca me había sentido tan desesperado como cuando pensaba que tú amabas a otro hombre.

—¿Estás seguro?

Jack metió la pierna entre las de Grace y la miró a los ojos.

—Solo sé que nunca me había sentido así.

Ella lo besó en los labios.

—Te quiero, Jack. Creo que desde el primer momento en que te vi.

—¿Y por qué no me lo dijiste? Lo he pasado muy mal desde que te marchaste del barco.

—Yo también. ¿Era tu cuñada, la chica de la que habló mi padre?

—¿Debra? Sí.

Jack le sujetó la barbilla y la besó.

—Ha sido mi guardiana desde que murió Lisa.

—¿Te quiere?

—Eso dice, pero para mí es la hermana pequeña de Lisa. Te caerá bien cuando la conozcas.

—¿Tú crees? Me va a resultar muy difícil apreciar a alguien que te quiere. A no ser que sea de tu familia, claro.

—Lo sé —dijo él—. Al menos tus padres han decidido que no soy tan mal chico. Estoy deseando que conozcan a mis padres.

—¿Tus padres? ¿Van a venir a vivir contigo?

—Puede que más adelante —convino Jack—, pero me refería a antes de la boda. A lo mejor a tus padres les gustaría ir a Irlanda.

—¿Es una propuesta?

—Oh, no. No sería tan presuntuoso como eso.

—¿Presuntuoso?

—Por supuesto. Tu padre todavía no me ha dado permiso, pero me lo dará –le aseguró–. Aunque tenga que ponerme de rodillas.

–Oh, Jack. ¡Te quiero!

–Eso espero –dijo él, y la estrechó contra su cuerpo.

Ella notó su miembro erecto contra la cadera.

–A lo mejor deberíamos bajar a contarle a tu padre lo que sentimos.

–Dentro de un rato.

Grace no tenía prisa. Le rodeó el cuello con los brazos y le acarició el cabello oscuro. Le encantaba sentir su cuerpo cerca del de ella, y percibir su aroma masculino.

–Creo que antes tenemos otros asuntos que atender –le dijo.

Epílogo

GRACE nunca había asistido a una entrega de premios, y mucho menos a una en la que ella tenía que ser la presentadora invitada.

Estaba al final del tercer trimestre de embarazo y se sentía como un elefante.

—No puedo hacerlo –se quejó, agarrando con fuerza la mano de Jack–. Nunca he hecho algo así.

—Siempre hay una primera vez –murmuró Jack–. Estoy aquí y soy tu marido, no puede ser tan difícil.

—Es el bebé –protestó ella.

Jack sonrió.

—Nuestro bebé –dijo, e ignorando las miradas del público, la besó en los labios.

Grace deseaba besarlo también, pero estaban ante más de cien personas, así que se conformó con apretarle el muslo y oír cómo contenía la respiración.

—Más tarde –dijo él.

—¿Es una amenaza? –susurró ella.

—Una promesa –le dijo él, instantes antes de que el alcalde comenzara a hablar.

El motivo de aquella presentación eran las casas de Culworth que Jack había reformado. Anteriormente le habían dado un premio por su originalidad y diseño, y Jack también había recibido una subvención del gobierno para que continuara reformando otras propiedades de la zona.

Como consecuencia, esa ceremonia la había organizado la Cámara de Comercio local con el fin de mostrar su reconocimiento a Jack y anunciar también los atractivos de la ciudad.

Grace sospechaba que había sido su padre el que había sugerido que fuera ella la que presentara el proyecto.

Grace y Jack se habían casado siete meses antes, y Tom Spencer y el padre de Jack se habían hecho muy amigos. Los padres de Jack estaban entre el público, y solían visitar Rothburn a menudo.

Era el turno de Grace y Jack le apretó la mano mientras ella se levantaba para hacer la presentación.

Pronunció unas palabras acerca de su marido y le entregó una placa conmemorativa. Después, respiró hondo.

Entonces, Grace notó un fuerte dolor en el vientre. A pesar de todo, consiguió forzar una sonrisa.

Jack notó que le dolía algo y le preguntó:

−¿Qué te pasa?

−Creo que es el bebé −dijo ella−. En el hospital me dijeron que a lo mejor nacía antes −se dobló hacia delante−. Odio estropearte la fiesta, pero creo que deberías ir a buscar el coche.

−Lo siento, cielo. No debería haberte insistido en que hicieras esto.

−Al menos tienes tu premio −murmuró Grace, con una risita−. Me gustaría que me llevaras a casa.

Enseguida, la madre de Grace y la madre de Jack se acercaron al escenario.

−Tiene que ir al hospital −dijo la señora Spencer.

−A casa −insistió Grace−. Cariño, me prometiste que podría tener al bebé en casa −respiró hondo al sentir otra contracción−. Estoy bien. De veras. Llama a la enfermera Forrester y estaré mejor.

Jack miró a su madre y a su suegra y asintió.

—Iremos a casa —dijo él, ignorando sus quejas—. Si queréis hacer algo útil, disculpadnos ante el alcalde y los demás.

—Jack...

Salieron de la sala y Jack confió en estar haciendo lo correcto. Si a Grace le sucedía algo, su vida habría terminado.

Las siguientes horas fueron caóticas.

Finalmente, su hijo nació en el dormitorio sin problemas. Jack había insistido en llevar a su esposa al piso de arriba en cuanto la enfermera anunció que ya se veía la cabecita del bebé.

Y John Thomas Patrick Connolly saludó a sus padres probando sus pulmones nada más salir al exterior. El llanto provocó que sus abuelos se acercaran al dormitorio, pero la enfermera no los dejó pasar.

—Déjenlos unos minutos a solas con el bebé —dijo la enfermera con una amplia sonrisa.

A los abuelos no les quedó más remedio que hacer caso de la sugerencia.

Entretanto, Jack y Grace estaban admirando a su pequeño, que había dejado de llorar nada más descubrir el pecho de su madre.

—Te lo dije —declaró Grace, acariciándole la mejilla a su esposo—. Soy más dura de lo que parezco.

—¿Crees que no lo sé?

—Te quiero —dijo Grace, y lo besó.

—Y yo a ti. Nunca he sido más feliz.

Y Jack se preguntaba si ese era el motivo por el que solo había visto a Lisa una vez más desde que asustó a Sean.

Ella había aparecido por última vez la noche después de que Tom Spencer les dijera que había tenido noticias de Sean.

Jack estaba tratando de concentrarse en el diseño de un museo, cuando se percató de su presencia.

–Eres feliz –le había dicho Lisa–. Y quiero que sepas que Sean no volverá a molestaros. Yo me he ocupado de ello.

Al parecer, lo había hecho. Lo último que habían sabido de él era que iba a emigrar a Australia, y Jack no podía evitar preguntarse si Sean se daba cuenta de que eso tampoco le serviría de escapatoria.

A pesar de todo lo que había pasado, Jack confiaba en que Lisa hubiera encontrado su nirvana.

Entonces, se inclinó para tomar a su bebé en brazos y la criatura lo miró con unos grandes ojos negros, como los suyos.

–Es precioso –dijo orgulloso–. Y tú eres preciosa. ¿Cómo fui capaz de encontrar a una chica como tú?

–Tuviste suerte, supongo –dijo Grace, con un brillo en la mirada.

Jack pensó en lo maravilloso que era pensar que podrían enfrentarse al futuro sin ningún fantasma del pasado.

Bianca

Quiso decir que no, pero su boca pronunció la única palabra que le impediría echarse atrás: «sí»

Rashid Al Kharim debía viajar a Qajaran para convertirse en emir; y debía viajar en compañía de su hermanastra, un bebé de pocas semanas. Pero, antes de entrar en aquel mundo de peligros y traiciones, buscó un poco de sosiego en el cuerpo de una preciosa desconocida, tan atormentada como él.

Tora Burgess, que trabajaba como acompañante de niños, ardía en deseos de conocer a su nuevo jefe; pero se quedó horrorizada cuando vio que era nada más y nada menos que su tórrido amante de una sola noche. Un amante que ahora se comportaba con frialdad, y que tenía una propuesta absolutamente increíble…

ENCADENADA AL JEQUE
TRISH MOREY

Acepte 2 de nuestras mejores novelas de amor GRATIS

¡Y reciba un regalo sorpresa!

Oferta especial de tiempo limitado

Rellene el cupón y envíelo a
Harlequin Reader Service®
3010 Walden Ave.
P.O. Box 1867
Buffalo, N.Y. 14240-1867

¡Sí! Por favor, envíenme 2 novelas de amor de Harlequin (1 Bianca® y 1 Deseo®) gratis, más el regalo sorpresa. Luego remítanme 4 novelas nuevas todos los meses, las cuales recibiré mucho antes de que aparezcan en librerías, y factúrenme al bajo precio de $3,24 cada una, más $0,25 por envío e impuesto de ventas, si corresponde*. Este es el precio total, y es un ahorro de casi el 20% sobre el precio de portada. ¡Una oferta excelente! Entiendo que el hecho de aceptar estos libros y el regalo no me obliga en forma alguna a la compra de libros adicionales. Y también que puedo devolver cualquier envío y cancelar en cualquier momento. Aún si decido no comprar ningún otro libro de Harlequin, los 2 libros gratis y el regalo sorpresa son míos para siempre.

416 LBN DU7N

Nombre y apellido	(Por favor, letra de molde)
Dirección	Apartamento No.
Ciudad	Estado	Zona postal

Esta oferta se limita a un pedido por hogar y no está disponible para los subscriptores actuales de Deseo® y Bianca®.
*Los términos y precios quedan sujetos a cambios sin aviso previo.
Impuestos de ventas aplican en N.Y.

SPN-03   ©2003 Harlequin Enterprises Limited

Secretos y escándalos
Sara Orwig

El futuro del rico ranchero Nick
Milan estaba bien planeado: se
casaría con la mujer que amaba
y tendría una deslumbrante carrera política. Pero su relación
con Claire Prentiss terminó de
forma amarga. Por eso no estaba preparado para desearla de
nuevo cuando se volvieron a
encontrar. O, por lo menos, no
lo estaba hasta que ella le contó
su increíble secreto.

Perder a Nick había sido muy
duro para Claire, y ahora estaba

obligada a decirle que tenían un hijo. Sabía que el es-
cándalo podía destrozar su carrera; aunque, por otra
parte, el niño necesitaba un padre.

¿Tendrían por fin un final feliz?

¡YA EN TU PUNTO DE VENTA!

Bianca

Cuando aquello hubiera acabado, ambos tendrían que pagar un precio que jamás habrían imaginado...

Lisa Bond se había deshecho de las ataduras del pasado y ahora era una importante empresaria por derecho propio.

Constantino Zagorakis había salido de los barrios más pobres de la ciudad y, a fuerza de trabajo, se había convertido en un millonario famoso por sus implacables tácticas.

Constantino le robaría su virginidad y, durante una semana, le enseñaría el placer que podía darle un hombre de verdad...

EL PRECIO DE LA INOCENCIA
SUSAN STEPHENS